科《か》学《がく》探《たん》偵《てい》 謎《なぞ》野《の》真《しん》実《じつ》 シリーズ

# 科学探偵 VS.

# 終末の大予言

## 後編

# もくじ

**この本《ほん》の楽《たの》しみ方《かた》**

この本《ほん》のお話《はなし》は、事件編《じけんへん》と解決編《かいけつへん》に分《わ》かれています。登場人物《とうじょうじんぶつ》と一緒《いっしょ》にナゾ解《と》きをして、事件《じけん》の真相《しんそう》を見《み》つけてください。ヒントはすべて、文章《ぶんしょう》と絵《え》の中《なか》にあります。

# 登《とう》場《じょう》人《じん》物《ぶつ》

## 謎《なぞ》野《の》真《しん》実《じつ》

エリート探偵養成学校《たんていようせいがっこう》・
ホームズ学園出身《がくえんしゅっしん》で、
天才的《てんさいてき》な頭脳《ずのう》と幅広《はばひろ》い科学知識《かがくちしき》を持《も》つ。
「科学《かがく》で解《と》けないナゾはない」が信条《しんじょう》。
行方不明《ゆくえふめい》の少女《しょうじょ》・尾狩《おかる》アリスを追《お》い、
ついに『予言《よげん》の書《しょ》』を入手《にゅうしゅ》。
残《のこ》る予言《よげん》の謎《なぞ》に挑《いど》む。

## 宮《みや》下《した》健《けん》太《た》

真実《しんじつ》と行動《こうどう》を共《とも》にする
クラスメート。
成績《せいせき》もスポーツも中《ちゅう》ぐらいの
〝ミスター平均点《へいきんてん》〟。
超《ちょう》ビビリだが、不思議《ふしぎ》なことが大好《だいす》き。

## 青《あお》井《い》美《み》希《き》

健太《けんた》の幼《おさな》なじみ。
インターネットで、アリスのものらし
き投稿《とうこう》を見《み》つけ、真実《しんじつ》たちと都市伝《としでん》
説《せつ》の舞台《ぶたい》「きさらぎ駅《えき》」を目指《めざ》す。
花森小学校《はなもりしょうがっこう》6年生《ねんせい》の新聞部部長《しんぶんぶぶちょう》で、
ジャーナリスト志望《しぼう》。

## 尾狩《おかる》アリス

インターネット上《じょう》の掲示板《けいじばん》に
「すべての数字《すうじ》がそろった」
と書《か》き残《のこ》し、失踪《しっそう》した、尾狩刑事《おかるけいじ》の妹《いもうと》。
世界科学《せかいかがく》コンクールに入賞《にゅうしょう》するほどの科学好《かがくず》き。

## 浜田典夫先生《はまだのりおせんせい》

花森小《はなもりしょう》6年《ねん》の学年主任《がくねんしゅにん》で、
あだ名《な》は「ハマセン」。

## 尾狩《おかる》トモミ

妹《いもうと》・アリスの行方《ゆくえ》を捜《さが》し続《つづ》けている
花森警察署《はなもりけいさつしょ》の刑事《けいじ》。
真実《しんじつ》たちと、事件《じけん》を調《しら》べていくなかで、
ほかにも行方不明《ゆくえふめい》になっている子《こ》が
いることを知《し》る。

## 金森修一《かなもりしゅういち》、詩子《うたこ》

夫婦《ふうふ》で喫茶《きっさ》「ポエム」を営《いとな》んでいる。
常連客《じょうれんきゃく》の尾狩刑事《おかるけいじ》の妹捜《いもうとさが》しを
励《はげ》まし、支《ささ》えている。

夜《よる》の遅《おそ》い時間《じかん》。ひとりの少女《しょうじょ》が線路《せんろ》に沿《そ》って歩《ある》いていた。

周《まわ》りは真《ま》っ暗《くら》で何《なに》も見《み》えない。

少女《しょうじょ》は、白《しろ》いヘアバンドをしている。

尾狩《おかる》アリスだ。

アリスの手《て》には『予言《よげん》の書《しょ》』があった。

そのとき――、

**ドンドンドンドンドン……チリーン、チリーン**

風《かぜ》に乗《の》って、遠《とお》くから太鼓《たいこ》や鈴《すず》の音《おと》が聞《き》こえてきた。

「やっぱり、うわさどおりだ……。ここは『きさらぎ駅《えき》』で間違《まちが》いない」

アリスはごくりとつばをのみ込《こ》み、さらに線路《せんろ》に沿《そ》って歩《ある》いて行《い》く。

と、今度《こんど》は背後《はいご》から声《こえ》が聞《き》こえた。

「お〜い」

しわがれた不気味《ぶきみ》な声《こえ》だ。

しかし周《まわ》りは真《ま》っ暗《くら》で何《なに》も見《み》えない。

「何《なん》なの??」

アリスは声《こえ》を震《ふる》わせながら駆《か》け出《だ》そうとした。

お〜〜いいいい！

そんなアリスの腕《うで》を、誰《だれ》かの手《て》ががしっとつかんだ。

「きゃああ！」

アリスは驚《おどろ》き、手《て》を振《ふ》り払《はら》うと、バランスをくずしてその場《ば》に倒《たお》れた。

目《め》の前《まえ》に、おじいさんが立《た》っている。

「危《あぶ》ないから線路《せんろ》の上《うえ》を歩《ある》いちゃダメだよ〜〜」

次《つぎ》の瞬間《しゅんかん》、おじいさんは笑《わら》いながら、フッと姿《すがた》を消《け》した。

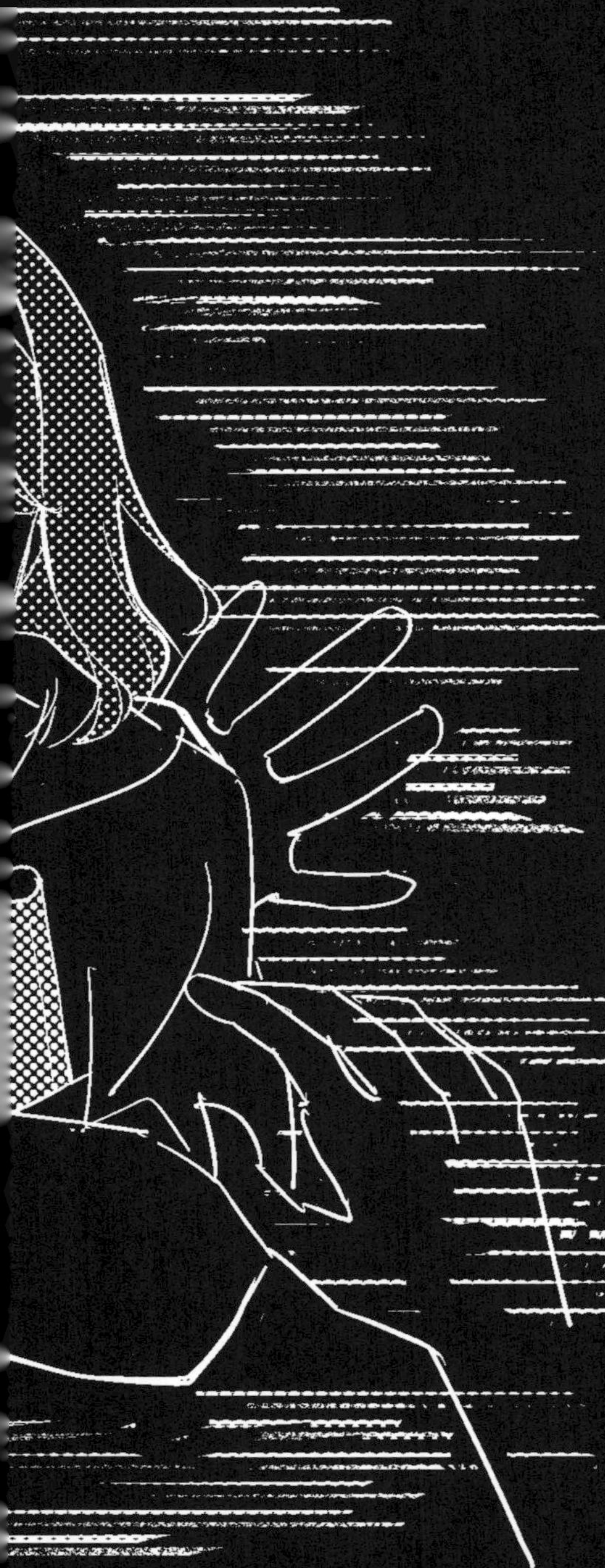

「そんな！」

オマエハモウ家《うち》ヘハ帰《かえ》レナイ　オマエハモウ家《うち》ヘハ帰《かえ》レナイ　ハハハハハハハ

不気味《ぶきみ》な笑《わら》い声《ごえ》があたりに響《ひび》く。

**「そんなのいやだ！　助《たす》けて！　お姉《ねえ》ちゃん、助《たす》けて!!」**

アリスは泣《な》きそうな声《こえ》で助《たす》けを求《もと》めた。

「アリス！」

尾狩《おかる》トモミ刑事《けいじ》は目《め》を覚《さ》まし、起《お》き上《あ》がった。

そこは自宅《じたく》のベッドの上《うえ》だ。

どうやら夢《ゆめ》を見《み》ていたようだ。

尾狩刑事《おかるけいじ》は、そばにある棚《たな》の上《うえ》を見《み》る。そこには、尾狩刑事《おかるけいじ》と一緒《いっしょ》に写《うつ》る笑顔《えがお》のアリスの写真《しゃしん》が飾《かざ》られていた。

「アリス……」

写真《しゃしん》の中《なか》のアリスを見《み》つめながら、尾狩刑事《おかるけいじ》は悲《かな》しそうな表情《ひょうじょう》を浮《う》かべるのだった。

●

翌日《よくじつ》。花森小学校《はなもりしょうがっこう》に通《かよ》っている科学探偵《かがくたんてい》・謎野真実《なぞのしんじつ》は、親友《しんゆう》の宮下健太《みやしたけんた》と青井美希《あおいみき》とともに、喫茶《きっさ》「ポエム」で尾狩刑事《おかるけいじ》と会《あ》っていた。

「そっか、『きさらぎ駅《えき》』のモデルになった駅《えき》には、アリスちゃんはいなかったんだね」

健太《けんた》の言葉《ことば》に、尾狩刑事《おかるけいじ》は弱々《よわよわ》しい声《こえ》で「はい……」と答《こた》えた。

花森町《はなもりちょう》の警察署《けいさつしょ》につとめる尾狩刑事《おかるけいじ》は行方不明《ゆくえふめい》になった妹《いもうと》・アリスを捜《さが》すために、真実《しんじつ》たちに協力《きょうりょく》してもらい、『予言《よげん》の書《しょ》』に書《か》かれたいくつもの不可思議《ふかしぎ》事件《けん》を解決《かいけつ》してきた。

アリスも予言《よげん》の書《しょ》を持《も》っていて、同《おな》じように不可思議事件《ふかしぎじけん》を調《しら》べていたのだ。

先日《せんじつ》、そんなアリスが書《か》き込《こ》んだと思《おも》われる、ネットの掲示板《けいじばん》を美《み》希《き》が見《み》つけた。

「アリスちゃんはどこかの駅《えき》で降《お》りて、怪奇現象《かいきげんしょう》に遭遇《そうぐう》したんだよね」

健太《けんた》の言葉《ことば》に、みながうなずく。

掲示板《けいじばん》にはそのようなことが書《か》かれていて、真実《しんじつ》たちはそこが都市《とし》伝説《でんせつ》で有名《ゆうめい》な「きさらぎ駅《えき》」だと考《かんが》えていた。

美希《みき》は改《あらた》めて、きさらぎ駅《えき》について話《はな》す。

「きさらぎ駅《えき》は、遠州鉄道《えんしゅうてつどう》の新浜松駅《しんはままつえき》から、さぎの宮駅《みやえき》までの途中《とちゅう》にあると言《い》われているけど、路線図《ろせんず》には書《か》かれていない。空間《くうかん》がゆがん

**遠州鉄道《えんしゅうてつどう》**
静岡県浜松市《しずおかけんはままつし》にある新浜《しんはま》松駅《まつえき》と西鹿島駅《にしかじまえき》を結《むす》ぶ鉄《てつ》道《どう》。その間《あいだ》の駅《えき》の一《ひと》つであるさぎの宮駅《みやえき》が、都市《とし》伝説《でんせつ》「きさらぎ駅《えき》」のモチーフになったとされる。

だせいで現《あらわ》れる幻《まぼろし》の駅《えき》っていううわさだよね」

都市伝説《としでんせつ》によると、新浜松駅《しんはままつえき》で23時《じ》40分発《ぷんはつ》の電車《でんしゃ》に乗《の》った人《ひと》が、きさらぎ駅《えき》に到着《とうちゃく》したらしい。

その人《ひと》がきさらぎ駅《えき》を降《お》りて、線路沿《せんろぞ》いに歩《ある》くと、遠《とお》くから太鼓《たいこ》や鈴《すず》の音《おと》が聞《き》こえ、「おーい」と呼《よ》ぶ不気味《ぶきみ》な声《こえ》とともに、ナゾのおじいさんが現《あらわ》れたのだという。

そのおじいさんは、突然姿《とつぜんすがた》を消《け》してしまうと言《い》われていた。

さらに線路《せんろ》に沿《そ》って歩《ある》くとトンネルがあり、出《で》たところで親切《しんせつ》な人《ひと》が車《くるま》に乗《の》せてくれる。

しかし、その車《くるま》に乗《の》ってしまうと、そのまま帰《かえ》ってこられなくなってしまうらしい。

「だけど、実際《じっさい》にわたくしが新浜松駅《しんはままつえき》から電車《でんしゃ》に乗《の》ると、何事《なにごと》もなくさぎの宮駅《みやえき》に到着《とうちゃく》しました」

尾狩刑事《おかるけいじ》はきさらぎ駅《えき》が本当《ほんとう》にあるのかどうかを調《しら》べるために、実際《じっさい》に23時《じ》40分《ぷん》に新浜松《しんはままつ》駅《えき》から電車《でんしゃ》に乗《の》ってみたのだ。

「周辺《しゅうへん》にいた人《ひと》たちに、アリスやほかの行方不明《ゆくえふめい》になった子《こ》たちのことを聞《き》きましたが、知《し》っている人《ひと》は見《み》つけられませんでした」

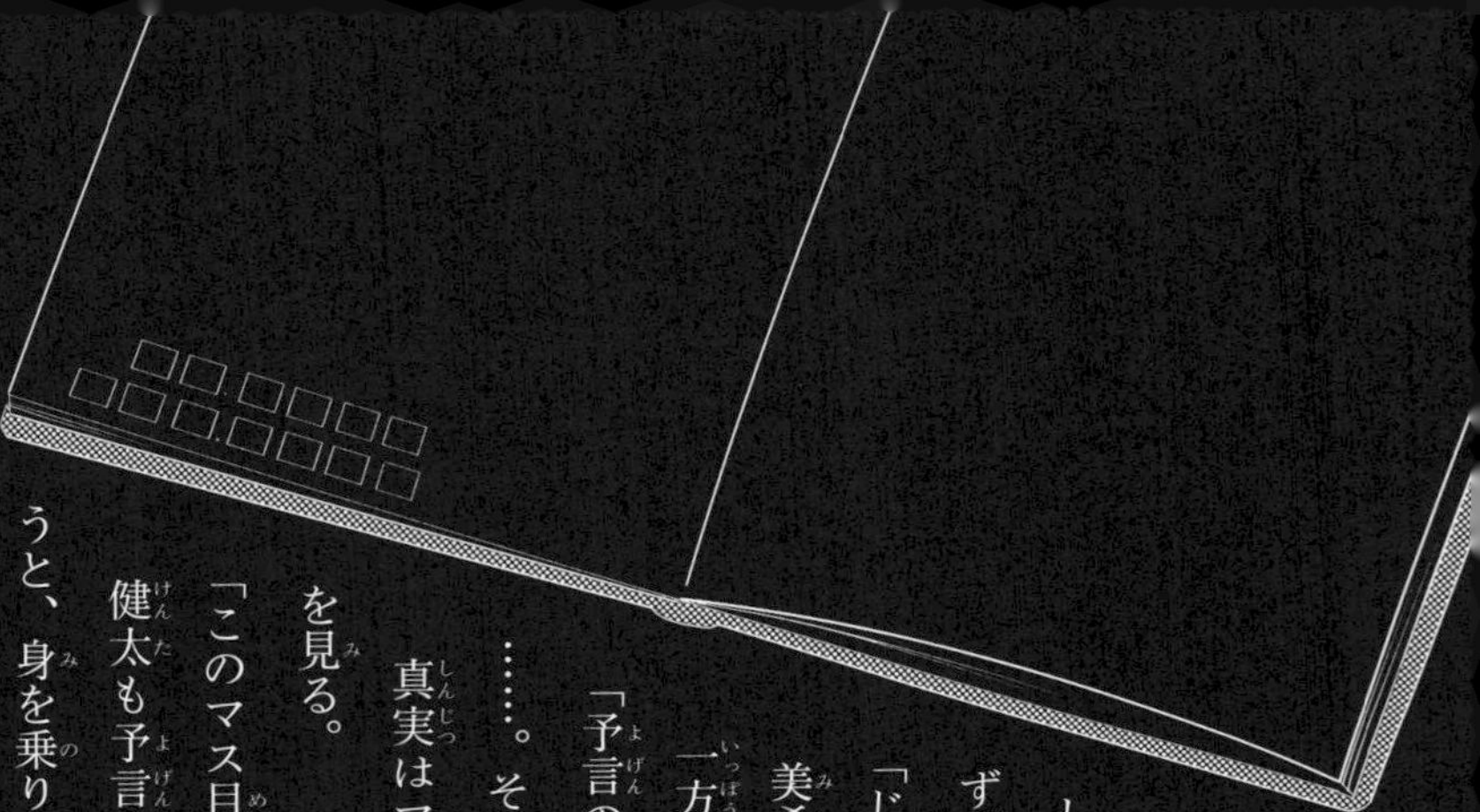

アリス以外《いがい》にも、何人《なんにん》も子《こ》どもたちが行方不明《ゆくえふめい》になっている。それぞれ、予言《よげん》の書《しょ》を持《も》っていて、きさらぎ駅《えき》へ行《い》こうとしていたはずだ。夜遅《よるおそ》くに子《こ》どもがひとりで駅《えき》にいれば目立《めだ》つはずだが、目撃者《もくげきしゃ》はまったくいなかった。

「じゃあ、アリスちゃんたちはどこの駅《えき》に行《い》ったんだろう？」

美希《みき》の言葉《ことば》に、尾狩刑事《おかるけいじ》は困《こま》り果《は》てた表情《ひょうじょう》を浮《う》かべる。

一方《いっぽう》、真実《しんじつ》はテーブルに置《お》かれた予言《よげん》の書《しょ》を見《み》ていた。

「予言《よげん》の書《しょ》には、まだいくつか解《と》き明《あ》かされていない予言《よげん》が残《のこ》っている……。それに、このマス目《め》も……」

真実《しんじつ》はマス目《め》だけが書《か》かれているページを見《み》る。

「このマス目《め》、何《なん》なんだろうね？」

健太《けんた》も予言《よげん》の書《しょ》を見《み》ようと、身《み》を乗《の》り出《だ》した。

そのとき、テーブルに飾《かざ》られていたガラスのコップに入《はい》っていたキャンドルにひじが当《あ》たり、コップが倒《たお》れた。

「わっ」

キャンドルの炎《ほのお》が、予言《よげん》の書《しょ》に触《ふ》れる。

すると、ボッという音《おと》とともに、一瞬《いっしゅん》、大《おお》きな炎《ほのお》があがった。

「何《なん》なの??」

それを見《み》て、健太《けんた》たちは驚《おどろ》く。

尾狩刑事《おかるけいじ》はあわててキャンドルを元《もと》に戻《もど》した。

そんななか、真実《しんじつ》はひとり冷静《れいせい》に予言《よげん》の書《しょ》を見《み》つめていた。

「そうか……。健太《けんた》くん、大手柄《おおてがら》だよ」

「どういうこと？　ぼく、キャンドルを倒《たお》しちゃったんだよ」

**「そのキャンドルの炎《ほのお》が、マス目《め》のページの真《しん》の姿《すがた》を見《み》せてくれたんだ。このページには、表面《ひょうめん》に『フラッシュペーパー』が貼《は》られていたんだよ」**

フラッシュペーパーとは、手品《てじな》でもよく使《つか》われる、火《ひ》をつけると、大《おお》きな炎《ほのお》をあげて一瞬《いっしゅん》で燃《も》え尽《つ》きるニトロセルロースという物質《ぶっしつ》で作《つく》られた紙《かみ》だ。

「そのフラッシュペーパーが燃《も》えたことにより、これが現《あらわ》れたんだ」

真実《しんじつ》はマス目《め》のページを見《み》る。健太《けんた》たちもつられるように視線《しせん》を移動《いどう》させた。

「ああっ！」

マス目《め》が書《か》かれていたページに、「絵《え》」と「数字《すうじ》」がいくつも描《えが》かれていた。

「フラッシュペーパーによって、絵《え》と数字《すうじ》が隠《かく》されていたのですね」

「マス目《め》のページは、燃《も》えにくい不燃紙《ふねんし》が使《つか》われているようです」

「絵《え》の下《した》に数字《すうじ》があるね。何《なに》か関係《かんけい》があるのかな？」

美希《みき》はそれらを見《み》るが、何《なん》なのかわからない。

「絵《え》と数字《すうじ》かあ」

健太《けんた》は目《め》をキョロキョロさせながら考《かんが》える。「ポエム」の壁《かべ》に何枚《なんまい》も貼《は》られていた風景写《ふうけいしゃ》

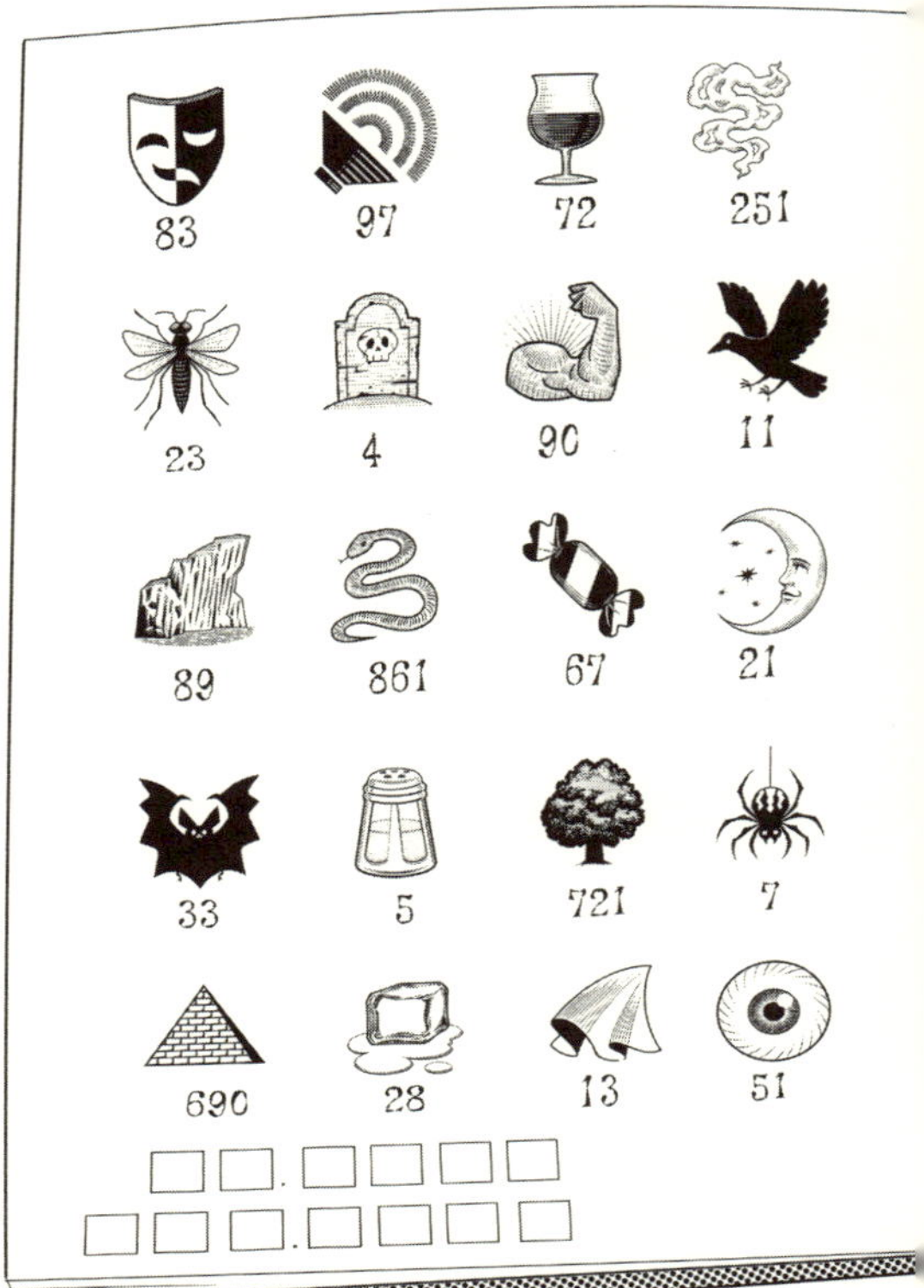

真《しん》がふと目《め》にとまった。

**「どこの風景《ふうけい》だろう？」**

健太《けんた》が写真《しゃしん》を見《み》ながらそう言《い》うと、マスター夫婦《ふうふ》が近寄《ちかよ》ってきた。

「わたしたち夫婦《ふうふ》が旅行《りょこう》に行《い》ったときに撮《と》ったものだよ。写真《しゃしん》が趣味《しゅみ》でねえ」

「そうなんですね」

健太《けんた》は風景写真《ふうけいしゃしん》の横《よこ》に貼《は》られた写真《しゃしん》を見《み》る。そこには、笑顔《えがお》を浮《う》かべた5歳《さい》ぐらいの男《おとこ》の子《こ》の写真《しゃしん》があった。

「この子《こ》は？」

「ん～、誰《だれ》だったかな？」

「昔《むかし》の写真《しゃしん》だから、修一《しゅういち》さんもわたしも覚《おぼ》えてないわねえ」

「詩子《うたこ》がその子《こ》の笑顔《えがお》がかわいいって言《い》ったから、飾《かざ》ることにしたんだよ」

マスターの金森修一《かなもりしゅういち》と妻《つま》の詩子《うたこ》がほほえみながら言《い》う。

「たしかにかわいい～」

美希《みき》がその写真《しゃしん》を見《み》てほほえむ。真実《しんじつ》も店《みせ》に貼《は》られたそれらの写真《しゃしん》をじっと眺《なが》めていた。

「早《はや》く事件《じけん》が解決《かいけつ》すればいいのにねえ」

マスターがふと尾狩刑事《おかるけいじ》に言《い》った。

「わたしたちもずっと心配《しんぱい》しているのよ」

その横《よこ》で、詩子《うたこ》も言《い》う。

「ありがとうございます」

尾狩刑事《おかるけいじ》はそんな彼《かれ》らの優《やさ》しさに触《ふ》れ、改《あらた》めて事件《じけん》を解決《かいけつ》しなければと思《おも》う。

「予言《よげん》の書《しょ》にはまだいくつか、調《しら》べていない予言《よげん》が残《のこ》っているのであります。

それを解《と》けば、アリスのいる場所《ばしょ》がわかるかもしれません」

「だけど、マス目《め》のページが気《き》になるよね。何《なん》なんだろう？」

健太《けんた》はテーブルに置《お》かれた予言《よげん》の書《しょ》を改《あらた》めて見《み》た。

「この絵《え》は『ナイフ』だよね？　これは『クモ』でしょ。『ボール』もある。

そういえば、※アクロバティックサラサラはホントに怖《こわ》かったよね」

「健太《けんた》くん、どうして急《きゅう》にアクロバティックサラサラの話《はなし》なんかするの？」

95　7　1



※『科学探偵《かがくたんてい》 VS.《ブイエス》 終末《しゅうまつ》の大予言《だいよげん》［前編《ぜんぺん》］』参照《さんしょう》。

美希《みき》がたずねると、健太《けんた》は絵《え》のひとつを指《ゆび》さした。

「だって、この絵《え》が『針金《はりがね》』っぽく見《み》えるから」

「針金《はりがね》？」

美希《みき》は予言《よげん》の書《しょ》を見《み》る。たしかに、絵《え》は針金《はりがね》に見《み》える。

その瞬間《しゅんかん》、真実《しんじつ》が「そうか」と声《こえ》をあげた。

3

**「この絵《え》は、予言《よげん》にまつわる事件《じけん》で使《つか》われたトリックに関係《かんけい》があるんだ！」**

「真実《しんじつ》さん、どういうことですか？」

「尾狩刑事《おかるけいじ》、今《いま》、健太《けんた》くんは針金《はりがね》を見《み》てアクロバティックサラサラのことを思《おも》い出《だ》しました。あの事件《じけん》は、トリックに『針金《はりがね》』を使《つか》っていましたよね？」

「あっ、そういわれれば」

「このマス目《め》のページには、ほかの事件《じけん》のトリックに関係《かんけい》のある絵《え》がいくつもあるんです」

「それはえぇっと……、あ！『むらさきかがみ事件《じけん》』の……、これは『塩《しお》』、『件事件《くだんじけん》』の

『渦巻《うずま》き』、それに『アポカリプティックサウンド事件《じけん》』の『歯《は》』ですね」

「そのとおり。絵《え》の下《した》には数字《すうじ》が書《か》かれている。予言《よげん》の書《しょ》に書《か》かれている不可《ふか》思議事件《しぎじけん》の順番《じゅんばん》に、その数字《すうじ》をマス目《め》に入《い》れていくんです」

真実《しんじつ》は、マス目《め》に数字《すうじ》を書《か》いていく。

『3』『5』『66』『42』

「この数字《すうじ》はいったい？」

尾狩刑事《おかるけいじ》は首《くび》をかしげる。そんな彼女《かのじょ》に真実《しんじつ》が答《こた》えた。

「おそらく、アリスさんもマス目《め》のページに、絵《え》と数字《すうじ》が隠《かく》されていたことに気《き》づいたはずです。そしてマス目《め》の数字《すうじ》をすべて埋《う》めて、きさらぎ駅《えき》へ向《む》かった可能性《かのうせい》が高《たか》い」

「なるほど、マス目《め》の数字《すうじ》はきさらぎ駅《えき》へ行《い》くヒントということですね。じゃあ、残《のこ》りの不《ふ》可思議事件《かしぎじけん》を解《と》いてマス目《め》の数字《すうじ》をすべて埋《う》めれば——」

「アリスさんを見《み》つけることができるはずです」

真実《しんじつ》の言葉《ことば》に、尾狩刑事《おかるけいじ》の表情《ひょうじょう》が一気《いっき》に明《あか》るくなった。

5　66　42

「ありがとうございます！」

尾狩《おかる》刑事《けいじ》は笑顔《えがお》で両手《りょうて》を差《さ》し出《だ》し、最初《さいしょ》にヒントをくれた健太《けんた》の手《て》をにぎりしめた。

「え、えっと、ぼくは何《なん》となく気《き》づいただけで。だけどよかった」

健太《けんた》は照《て》れながらも力《ちから》になれてうれしそうだ。

「よおし、それじゃあ次《つぎ》の不可思議《ふかしぎ》事件《じけん》を調《しら》べよう！」

美希《みき》は張《は》り切《き》り、次《つぎ》の予言《よげん》を見《み》ることにした。

『上弦《じょうげん》の月《つき》。丑《うし》の刻《こく》。罪人《ざいにん》の島《しま》にて、
3番目《ばんめ》のドアを3回《かい》たたくとき、死《し》の鬼《おに》ごっこがはじまる』

「死《し》の鬼《おに》ごっこってなんか不気味《ぶきみ》だね」

健太《けんた》はゾッとしながら言《い》う。

「でも、罪人《ざいにん》の島《しま》ってどこなのかな？」

美希《みき》の言葉《ことば》に、尾狩《おかる》刑事《けいじ》も真実《しんじつ》も考《かんが》えるが、答《こた》えは出《で》てこない。

すると、詩子《うたこ》がふと口《くち》を開《ひら》いた。

「もしかして、『水神島《みずかみじま》』とかかしら？」

「水神島《みずかみじま》って、花森町《はなもりちょう》の飛行場《ひこうじょう》から行《い》ける、小《ちい》さな無人島《むじんとう》のことですか？」

真実《しんじつ》がたずねると、詩子《うたこ》は「ええ」と答《こた》えた。

「わたしたち旅行《りょこう》が好《す》きでね。水神島《みずかみじま》って、昔《むかし》、罪人《ざいにん》たちを流刑《るけい》するための島《しま》だったって聞《き》いたことがあるわ」

「るけい？」

その意味《いみ》がわからない健太《けんた》に、真実《しんじつ》が説明《せつめい》をする。

「昔《むかし》、罪《つみ》を犯《おか》した人《ひと》を島《しま》などへ追放《ついほう》する罰《ばつ》があったんだ。一《いち》度《ど》島《しま》に行《い》くと、罪《つみ》が許《ゆる》されない限《かぎ》り、その島《しま》から出《で》ることができなかったんだよ」

「そんな罰《ばつ》があったんだ」

「水神島《みずかみじま》かあ。この予言《よげん》の場所《ばしょ》の可能性《かのうせい》は高《たか》そうだね」

美希《みき》が言《い》うと、尾狩刑事《おかるけいじ》もうなずく。

**上弦《じょうげん》の月《つき》**
右半分《みぎはんぶん》が光《ひか》って見《み》える半《はん》月《げつ》。月《つき》が地平線《ちへいせん》に沈《しず》むときの姿《すがた》を弓《ゆみ》にたとえ、真《ま》っすぐのところ（弦《げん》）が上《うえ》になることなどからこの名《な》前《まえ》がついた。ほかにも、月《つき》の形《かたち》によっていろいろな呼《よ》び名《な》がついている。

**月《つき》の呼《よ》び名《な》**

| 旧暦《きゅうれき》 | |
| --- | --- |
| 1日《ついたち》 | 新月《しんげつ》 |
| 2日《ふつか》 | 二日月《ふつかづき》 |
| 3日《みっか》 | 三日月《みかづき》 |
| 7～8日《ようか》ごろ | 上弦《じょうげん》の月《つき》 |

「みなさん、上弦《じょうげん》の月《つき》は旧暦《きゅうれき》の7日《なのか》から8日《ようか》の月《つき》のこと、つまりまさに今《いま》すぐです。花森町《はなもりちょう》の飛行場《ひこうじょう》から小型機《こがたき》に乗《の》れば30分《ぷん》くらいで着《つ》くはずであります！」

それを聞《き》き、真実《しんじつ》たちも大《おお》きくうなずいた。

**「アリス、待《ま》っててね！**
**マス目《め》の数字《すうじ》を全部《ぜんぶ》埋《う》めて、必《かなら》ず見《み》つけ出《だ》すから！」**

尾狩刑事《おかるけいじ》と真実《しんじつ》たちは、さっそく飛行場《ひこうじょう》へ向《む》かうのだった。

| 13日 | 14日 | 15日 | 16日 | 17日 | 18日 | 19日 | 20日 | 22〜23日 | 末日 |
|---|---|---|---|---|---|---|---|---|---|
| 十三夜月 | 小望月 | 満月(望月) | 十六夜月 | 立待月 | 居待月 | 寝待月 | 更待月 | 下弦の月 | 晦 |

# 死《し》の鬼《おに》ごっこ

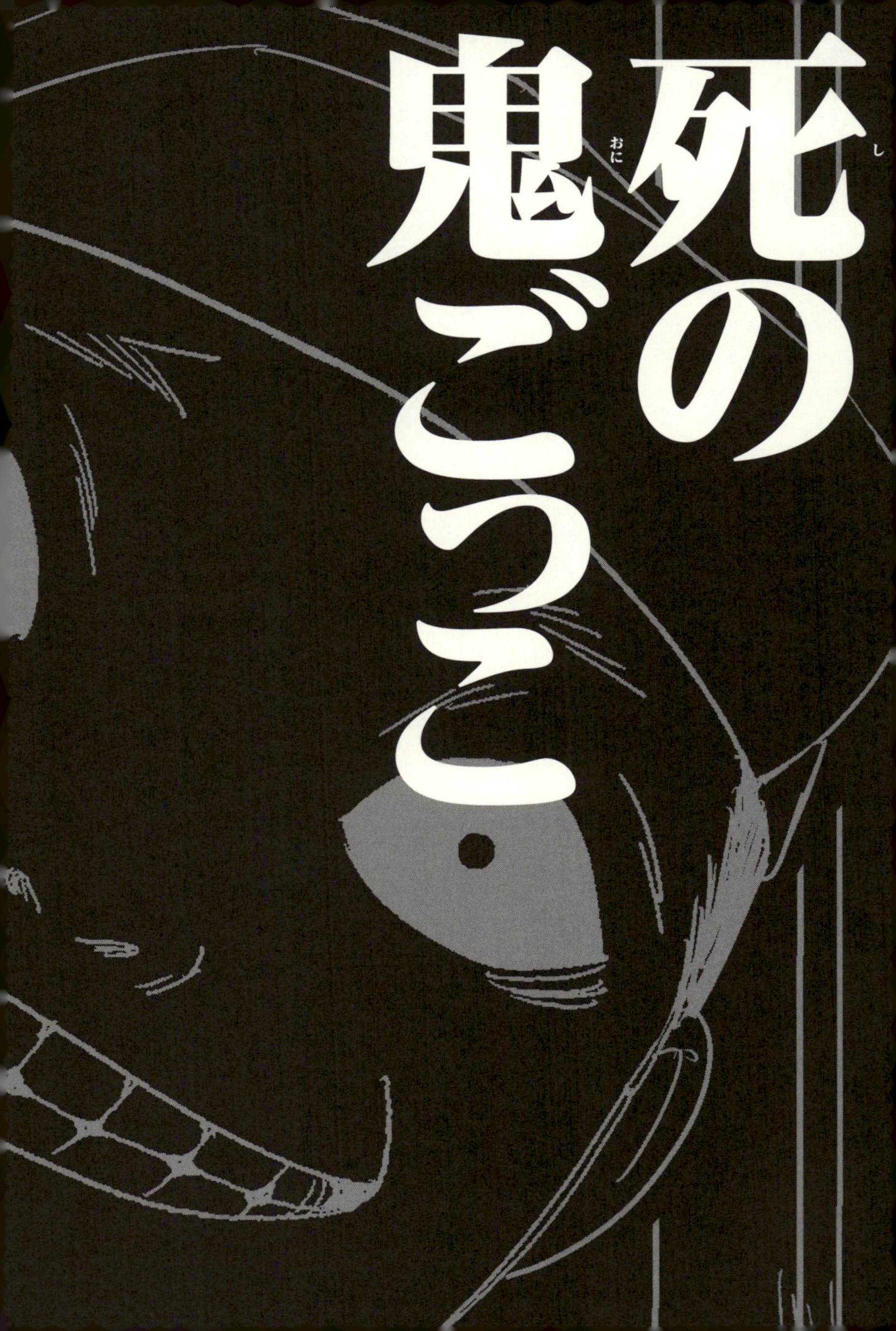

# 3番《ばん》目《め》のドア

終末《しゅうまつ》の大《だい》予《よ》言《げん》［後編《こうへん》］1

真実《しんじつ》、健太《けんた》、美希《みき》の３人《にん》は尾狩刑事《おかるけいじ》の運転《うんてん》する車《くるま》で、花森町《はなもりちょう》の外《はず》れにある小《ち》さな飛行場《ひこうじょう》にやってきた。ここから、海《うみ》に浮《う》かぶ島々《しまじま》へと小型機《こがたき》の定期便《ていきびん》が飛《と》んでいるのだ。

尾狩刑事《おかるけいじ》がターミナルビルのカウンターで搭乗手続《とうじょうてつづ》きをする。

係《かかり》の中年男性《ちゅうねんだんせい》が、尾狩刑事《おかるけいじ》のうしろに立《た》つ真実《しんじつ》を見《み》て、動《うご》きを止《と》めた。

真実《しんじつ》は『予言《よげん》の書《しょ》』をかかえていた。

「あ、その本《ほん》をお持《も》ちなんですね。そのお子様《こさま》の搭乗券《とうじょうけん》のお代《だい》はいただかなくて大丈夫《だいじょうぶ》です」

「……え、この本《ほん》についてご存《ぞん》じでありますか⁉　くわしくお話《はなし》をお聞《き》かせくださいませんか⁉」

尾狩刑事《おかるけいじ》が思《おも》わず大《おお》きな声《こえ》でたずねると、男性《だんせい》は少《すこ》し驚《おどろ》きながらも答《こた》えてくれた。

ある日《ひ》、花森飛行場《はなもりひこうじょう》に、とある客《きゃく》から電話《でんわ》があったという。

「これから、ある本《ほん》を手《て》にした子《こ》どもたちが時々《ときどき》飛行場《ひこうじょう》にやってくるので、その運賃《うんちん》をすべて払《はら》うということでした。後日《ごじつ》、数人分《すうにんぶん》のお金《かね》とその本《ほん》の表紙《ひょうし》の写真《しゃしん》が届《とど》きました」

「それでアリスさんも飛行機《ひこうき》に乗《の》れたんだね！　高《たか》いチケットをどうやって買《か》ったんだろう

と思《おも》っていたんだ」

健太《けんた》が声《こえ》をあげた。

「ちょっと待《ま》って。じゃあその電話《でんわ》をかけてきた客《きゃく》って、『神《かみ》の使《つか》い』なんじゃない!? すみません、その人《ひと》は何歳《なんさい》ぐらいで、どんな声《こえ》をしていましたか!?」

美希《みき》は受付《うけつけ》カウンターに身《み》を乗《の》り出《だ》した。これまでに起《お》きた予言《よげん》の書《しょ》にまつわる事件《じけん》には、すべて神《かみ》の使《つか》いが関《かか》わっていたのだ。

「……それが、あいにくわたしどもは電話《でんわ》で少《すこ》し話《はな》しただけなので、くわしいことはわかりません。お金《かね》は払《はら》ってくださっているので、信用《しんよう》していただけでして」

男性《だんせい》は申《もう》し訳《わけ》なさそうに答《こた》えた。


**ブォロン、ブォロロン、ブォロロン、ブォロロロローン!!**


真実《しんじつ》たちが乗《の》り込《こ》んだプロペラ旅客機《りょかくき》のプロペラが、ものすごい音《おと》を立《た》てて回《まわ》りだした。

真実《しんじつ》、健太《けんた》、美希《みき》、尾狩刑事《おかるけいじ》は座席《ざせき》でシートベルトをして座《すわ》っている。

真実《しんじつ》たちのほかに客《きゃく》はいない。

機体《きたい》が、ガタガタガタガタッと震《ふる》える。

健太《けんた》はシートベルトをギュッと握《にぎ》りしめた。

「この飛行機《ひこうき》、大丈夫《だいじょうぶ》かな？　揺《ゆ》れすぎじゃない⁉　こんなに揺《ゆ》れて、ネジがゆるんでプロペラが外《はず》れて飛《と》んでったりしないかな⁉」

怖《こわ》くてたまらない健太《けんた》は美希《みき》に声《こえ》をかけた。

「もう！　そんなに怖《こわ》がっていると、わたしまで怖《こわ》くなってきちゃうでしょ」

**プロペラ旅客機《りょかくき》**
プロペラを回転《かいてん》させて前《まえ》に進《すす》む飛行機《ひこうき》。空気《くうき》を高速《こうそく》で噴射《ふんしゃ》するジェットエンジンだけを使《つか》うジェット機《き》に比《くら》べ、小型《こがた》で速度《そくど》が遅《おそ》く、短《みじか》い距離《きょり》を飛《と》ぶのに適《てき》している。

海外《かいがい》ミステリーの新刊《しんかん》のページをめくっていた真実《しんじつ》が口《くち》を開《ひら》く。

「健太《けんた》くん、乗《の》っている飛行機《ひこうき》が落《お》ちる確率《かくりつ》は０・０００９％といわれてるよ」

「……え、それってどれぐらいの確率《かくりつ》なの？」

健太《けんた》は真実《しんじつ》にたずねた。

「自動車《じどうしゃ》による事故《じこ》で命《いのち》を落《お》とす確率《かくりつ》は０・００２％、隕石《いんせき》が落下《らっか》してきて死《し》ぬ確率《かくりつ》は０・０００４％だと言《い》われているね。乗《の》っている飛行機《ひこうき》が落《お》ちる確率《かくりつ》は、自動車《じどうしゃ》の死亡事故《しぼうじこ》より確率《かくりつ》は低《ひく》く、隕石《いんせき》で死《し》ぬ確率《かくりつ》よりも高《たか》いといったところかな」

「……え、自動車事故《じどうしゃじこ》に隕石《いんせき》で死《し》ぬ確率《かくりつ》？」

健太《けんた》がとまどっているうちにプロペラ旅客機《りょかくき》が滑走路《かっそうろ》を走《はし》って大空《おおぞら》に飛《と》び立《た》った。

いったん離陸《りりく》してしまうと、健太《けんた》の不安《ふあん》もやわらいできた。

「とにかく……真実《しんじつ》くんのおかげでちょっと気《き》がまぎれたよ。ありがとう！」

真実《しんじつ》はすずしげに健太《けんた》にほほえみを返《かえ》し、また視線《しせん》を本《ほん》に戻《もど》した。

健太《けんた》は、離《はな》れた席《せき》に座《すわ》っている尾狩刑事《おかるけいじ》をチラリと見《み》た。

彼女《かのじょ》は真剣《しんけん》な表情《ひょうじょう》で、水神島《みずかみじま》の地図《ちず》を見《み》ていた。

(すごく不安《ふあん》だろうな。アリスさんがいまも危険《きけん》な目《め》にあっているかもしれないなんて……。なんとしても次《つぎ》の予言《よげん》のナゾを解《と》かないと!)

健太《けんた》はあらためて決意《けつい》した。

島《しま》に到着《とうちゃく》する前《まえ》に水神島《みずかみじま》の地図《ちず》を広《ひろ》げて作戦会議《さくせんかいぎ》をすることになった。

みんなでもう一度《いちど》予言《よげん》を確認《かくにん》する。

『上弦《じょうげん》の月《つき》。丑《うし》の刻《こく》。罪人《ざいにん》の島《しま》にて、3番目《ばんめ》のドアを3回《かい》たたくとき、死《し》の鬼《おに》ごっこがはじまる』

「飛行場《ひこうじょう》の人《ひと》が予言《よげん》の書《しょ》の存在《そんざい》を知《し》っていたことから、この予言《よげん》の場所《ばしょ》は今向《いまむ》かっている水《みず》神島《かみじま》という無人島《むじんとう》で間違《まちが》いないと思《おも》われます」

尾狩刑事《おかるけいじ》は地図《ちず》を指《ゆび》さしながら説明《せつめい》する。

「島《しま》の真《ま》ん中《なか》には、水神山《みずかみさん》という大《おお》きな山《やま》がそびえています。今《いま》は無人島《むじんとう》ですが、かつてはその北側《きたがわ》と南側《みなみがわ》にそれぞれ集落《しゅうらく》があって、たくさんの人《ひと》が暮《く》らしていました。わたくしたちは二手《ふたて》に分《わ》かれて、北側《きたがわ》と南側《みなみがわ》で3番目《ばんめ》のドアを探《さが》しましょう。3番目《ばんめ》のドアということは、ドアが三《みっ》つ以上並《いじょうなら》んだ場所《ばしょ》だと思《おも》われます。一刻《いっこく》も早《はや》く見《み》つけて、丑《うし》の刻《こく》、午前《ごぜん》1時《じ》から3時《じ》にそなえましょう！」

真実《しんじつ》が尾狩刑事《おかるけいじ》の言葉《ことば》につけくわえる。

「三《みっ》つのドアが並《なら》んでいるのは、それなりの大《おお》きさの建物《たてもの》とみてよいと思《おも》います。一軒家《いっけんや》、個人商店《こじんしょうてん》などは除外《じょがい》して、大《おお》きな建物《たてもの》を中心《ちゅうしん》に探《さが》して回《まわ》りましょう」

「わたくしも賛成《さんせい》であります！」

尾狩刑事《おかるけいじ》も真実《しんじつ》の言葉《ことば》にうなずいた。

「あ、水神島《みずかみじま》だ‼」

美希《みき》が大《おお》きな声《こえ》をあげた。

機体《きたい》の窓《まど》から、広大《こうだい》な青《あお》い海《うみ》に浮《う》かぶ島《しま》が見《み》えてきた。

飛行機《ひこうき》は昼過《ひるす》ぎに島《しま》に到着《とうちゃく》した。そして真実《しんじつ》たちを降《お》ろすとふたたび飛《と》び立《た》っていった。

一日一便《いちにちいちびん》しか運航《うんこう》していないので、真夜中《まよなか》に出現《しゅつげん》するはずの不可思議現象《ふかしぎげんしょう》を目撃《もくげき》するために、島《しま》で一泊《いっぱく》することにしていた。

真実《しんじつ》たちはまず南側《みなみがわ》の集落《しゅうらく》あとにある観光客向《かんこうきゃくむ》けの簡易的《かんいてき》な宿泊所《しゅくはくじょ》に荷物《にもつ》を置《お》いた。

2階建《かいだ》ての建物《たてもの》で、この日《ひ》はほかの客《きゃく》も管理人《かんりにん》もいないようだった。

「すごい、ちゃんと炊事場《すいじば》もあって、ベッドルームもトイレもお風呂場《ふろば》もある!!　快適《かいてき》そう」

美希《みき》が感激《かんげき》していると、尾狩刑事《おかるけいじ》が声《こえ》をかける。

「最近建《さいきんた》てられた施設《しせつ》で、水神島《みずかみじま》にサーフィンをしにくる人《ひと》たちに開放《かいほう》しているみたいですよ」

健太《けんた》もワクワクして声《こえ》をあげる。

「今日《きょう》の晩《ばん》ごはんは、持《も》ってきた食材《しょくざい》で尾狩刑事《おかるけいじ》がカレーを作《つく》ってくれるんですよね！　楽《たの》しみだなあ。なんだか林間学校《りんかんがっこう》に来《き》たみたいだよね！」

健太《けんた》はすぐさま、しまったという表情《ひょうじょう》になる。

「……って、ごめんなさい！　それどころじゃないですよね」

健太《けんた》がペコリと頭《あたま》を下《さ》げると、尾狩刑事《おかるけいじ》は首《くび》を横《よこ》に振《ふ》った。

「いえいえ。健太《けんた》さん、カレー楽《たの》しみにしていてくださいね！　でも、まずは予言《よげん》が示《しめ》す場《ば》所《しょ》を見《み》つけたいのであります。早《はや》めに3番目《ばんめ》のドアを見《み》つけて、余裕《よゆう》を持《も》って丑《うし》の刻《こく》までに待機《たいき》できるようにしたいですね」

「はい、頑張《がんば》ります！」

健太《けんた》が気合《きあい》を入《い》れると、美希《みき》と真実《しんじつ》もうなずいた。


荷物《にもつ》を置《お》いた一同《いちどう》は、宿泊施設《しゅくはくしせつ》の建物《たてもの》の前《まえ》に集《あつ》まった。

尾狩刑事《おかるけいじ》が自分《じぶん》のスマホを真実《しんじつ》たちに手渡《てわた》す。

「真実《しんじつ》さんと健太《けんた》さん、もし何《なに》かあったときはこれで、美希《みき》さんのスマホに電話《でんわ》してくださ い。みなさん、廃墟《はいきょ》は倒壊《とうかい》する危険《きけん》がありますので、気《き》をつけるようにお願《ねが》いします」

こうして、尾狩刑事《おかるけいじ》と美希《みき》は、島《しま》の北側《きたがわ》にある集落《しゅうらく》あとに向《む》かった。

真実《しんじつ》と健太《けんた》は宿泊施設《しゅくはくしせつ》がある南側《みなみがわ》の集落《しゅうらく》あとの探索《たんさく》を開始《かいし》する。

道路《どうろ》のコンクリートはいたるところがひび割《わ》れて、雑草《ざっそう》が生《お》い茂《しげ》っていた。

「……人《ひと》の気配《けはい》がなくて道《みち》も建物《たてもの》も荒《あ》れちゃってるね。でも、よく考《かんが》えるとなんか怖《こわ》いなあ。海《うみ》にポツンと浮《う》かぶ無人島《むじんとう》にぼくたちだけで一晩過《ひとばんす》ごすなんて」

「健太《けんた》くん、なぜ怖《こわ》いんだい？」

「だって、もし悪《わる》いやつが島《しま》にひそんでいて襲《おそ》ってきたら、逃《に》げ場《ば》がないんだもん」

「少《すく》なくとも、今日乗《きょうの》ってきた飛行機《ひこうき》には、ぼくたち以外《いがい》に乗客《じょうきゃく》はいなかったけど、自分《じぶん》の船《ふね》で島《しま》に上陸《じょうりく》して、身《み》をひそめることは十分可能《じゅうぶんかのう》だろうね」

健太《けんた》は何《なに》げなく言《い》ったことだったが、真実《しんじつ》に同意《どうい》されると、現実味《げんじつみ》をおびてドキドキしてきた。

「……そうだ、尾狩刑事《おかるけいじ》がこの島《しま》はサーフィンの穴場《あなば》だって言《い》ってたし、ぼくらの目《め》につかないところでキャンプしててもおかしくないもんね」

健太《けんた》は自分《じぶん》に言《い》い聞《き》かせるように言《い》った。

島《しま》を歩《ある》いていると、健太《けんた》は古《ふる》いお墓《はか》がたくさんあることに気《き》づく。

「小《ちい》さい島《しま》なのに古《ふる》いお墓《はか》やお地蔵《じぞう》さんが多《おお》いね」

「島《しま》の歴史《れきし》は古《ふる》いからね。ここは流刑地《るけいち》だったから、古《ふる》いお墓《はか》は全部同《ぜんぶおな》じ方向《ほうこう》を向《む》いているんだよ」

真実《しんじつ》がお墓《はか》を指《ゆび》さす。

「ホントだ！」

「当時《とうじ》の都《みやこ》のほうを向《む》いていると言《い》われている。罪《つみ》を犯《おか》した人《ひと》や、時《とき》の権力者《けんりょくしゃ》に刃向《はむ》かった人《ひと》、それぞれ事情《じじょう》は違《ちが》っただろうけど、みんな故郷《こきょう》に帰《かえ》れずに死《し》んでいったんだろうね」

「かわいそうだね……。え、あれ!?」

墓《はか》のほうを見《み》ていた健太《けんた》が急《きゅう》に何《なに》かを見《み》つけて指《ゆび》さした。

「どうしたんだい、健太《けんた》くん」

**「いま、あのお墓《はか》のうしろで動《うご》く黒《くろ》い人影《ひとかげ》が見《み》えたんだよ!」**

それを聞《き》いた真実《しんじつ》は、健太《けんた》の指《ゆび》さした墓《はか》を確認《かくにん》しに行《い》く。

健太《けんた》もおそるおそる真実《しんじつ》についていくが、そこには誰《だれ》もいなかった。

「おかしいなあ。たしかに誰《だれ》か立《た》ってたんだ……もしかして、島《しま》の幽霊《ゆうれい》!?」

健太《けんた》は無念《むねん》の死《し》をとげた人《ひと》の霊《れい》が島《しま》を

さまよっている姿《すがた》を想像《そうぞう》して怖《こわ》くなり、ブルブルッと震《ふる》えた。

そのころ、尾狩刑事《おかるけいじ》と美希《みき》は、北側《きたがわ》の集落《しゅうらく》あとにある一軒《いっけん》の古《ふる》い平屋《ひらや》の木造《もくぞう》アパートにたどり着《つ》いていた。壁《かべ》もボロボロで、今《いま》にも天井《てんじょう》がくずれ落《お》ちそうだ。

アパートには、三《みっ》つの部屋《へや》が並《なら》んでいる。

「あ、尾狩刑事《おかるけいじ》、ここ、三《みっ》つのドアが並《なら》んでいますよ！」

「本当《ほんとう》でありますね！　でも、はて……3番目《ばんめ》のドアって、どこから数《かぞ》えて3番目《ばんめ》なのでしょうか？」

「そっかあ……右《みぎ》から数《かぞ》えたら左《ひだり》はしのドアが3番目《ばんめ》だし、左《ひだり》から数《かぞ》えたら右《みぎ》はしのドアが3番目《ばんめ》になっちゃいますもんね。難《むずか》しいなあ」

美希《みき》が腕《うで》ぐみしながら、頭《あたま》をひねった。

あたりが夕日《ゆうひ》でオレンジ色《いろ》に染《そ》まりはじめた。

一方《いっぽう》、探索《たんさく》を続《つづ》けていた真実《しんじつ》と健太《けんた》は、廃墟《はいきょ》となった団地《だんち》を見《み》つけていた。

「島《しま》にもこんな大《おお》きい団地《だんち》があったんだね」

「かつて石炭《せきたん》の採掘《さいくつ》が行《おこな》われていたから、炭鉱労働者《たんこうろうどうしゃ》とその家族《かぞく》がたくさん住《す》んでいたんだろうね」

灰色《はいいろ》にくすんだ団地《だんち》の建物《たてもの》が向《む》かい合《あ》うように立《た》っていた。

間《あいだ》にある公園《こうえん》には、さびたブランコやすべり台《だい》、塗装《とそう》のはげたコンクリート製《せい》の動物《どうぶつ》が並《なら》んでいる。ボロボロの三輪車《さんりんしゃ》やぬいぐるみも落《お》ちていた。

「真実《しんじつ》くん、この団地《だんち》なら、ドアがたくさんありそうだね！　入《はい》ってみようか」

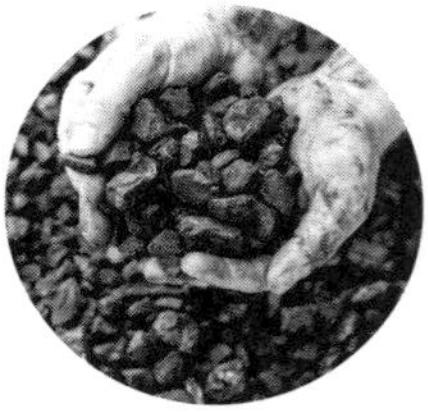

**石炭《せきたん》**
植物《しょくぶつ》などが数億年《すうおくねん》〜数千万年《すうせんまんねん》かけて変化《へんか》してできた化石燃《かせきねん》料《りょう》。石油《せきゆ》がエネルギーの主力《しゅりょく》になる以前《いぜん》は、石炭《せきたん》が多《おお》く使《つか》われていた。

**炭鉱《たんこう》**
地下《ちか》に埋《う》まっている石炭《せきたん》を掘《ほ》り出《だ》す鉱山《こうざん》。日本《にほん》では海外《かいがい》から石《せき》油《ゆ》が輸入《ゆにゅう》されるようになると、国内《こくない》のほとんどの炭鉱《たんこう》が閉山《へいざん》した。

真実《しんじつ》はポツリと言《い》う。

「いや、健太《けんた》くん、この団地《だんち》の部屋《へや》は一軒一軒《いっけんいっけん》それほどの大《おお》きさはないようだから、見《み》るまでもないかもね」

「え？　こんなに部屋《へや》があって、たくさんドアが並《なら》んでいるのに？」

「ちょっと気《き》づいたことがあるんだ。もう日《ひ》が暮《く》れるから、いったんみんなで集《あつ》まって話《はな》し合《あ》おう」

●

真実《しんじつ》の呼《よ》びかけで、両《りょう》チームは宿泊施設《しゅくはくしせつ》にある部屋《へや》に戻《もど》って作戦会議《さくせんかいぎ》をすることになった。

そのころにはあたりはすっかり暗《くら》くなっていた。丑《うし》の刻《こく》の午前《ごぜん》1時《じ》まであと6時間《じかん》だ。

「すみません……わたくしがおろかでありました！　完全《かんぜん》にもくろみが甘《あま》かったです。早《はや》めに3番目《ばんめ》のドアを見《み》つけるはずが、見《み》つからないままこんな時間《じかん》になってしまいました」

尾狩刑事《おかるけいじ》はあせったように言《い》った。表情《ひょうじょう》にも疲労《ひろう》の色《いろ》が隠《かく》せない。

「真実《しんじつ》くんが気《き》づいたことって何《なん》なの？」

健太《けんた》がたずねた。

真実《しんじつ》がうなずき、みんなに語《かた》りはじめる。

「ぼくたちは今《いま》までそれぞれアパートや団地《だんち》など、ドアがたくさん並《なら》んだ大《おお》きな建物《たてもの》を探《さが》してきました。だけど、ただドアが三《みっ》つ並《なら》んでいる場所《ばしょ》ではないと思《おも》いました。なぜなら、この『3番目《ばんめ》のドア』という表現《ひょうげん》が非常《ひじょう》に重要《じゅうよう》だからです」

「それ、わたしたちも思《おも》った！　ちょうどアパートでドアが三《みっ》つ並《なら》んでたけど、どこから数《かぞ》えて3番目《ばんめ》なのかって、すごくあいまいだねって、尾狩刑事《おかるけいじ》と話《はな》してたの」

「美希《みき》さんの言《い》うとおり。3番目《ばんめ》と言《い》うからには、ある一《ひと》つの空間《くうかん》があって、そこに入《い》り口《ぐち》があり、一歩《いっぽ》入《はい》って見渡《みわた》すと、三《みっ》つ以上《いじょう》ドアが並《なら》んでいる場所《ばしょ》である可能性《かのうせい》が高《たか》い」

健太《けんた》は考《かんが》えをめぐらせる。

「え～、部屋《へや》に入《はい》って、またドアが三《みっ》つ以上《いじょう》並《なら》んでいるような場所《ばしょ》？　そんなのあるかなあ」

「うん、ぼくたちが学校《がっこう》でもよく行《い》く場所《ばしょ》だよ」

真実《しんじつ》の言葉《ことば》を受《う》けて、頭《あたま》をひねっていた健太《けんた》がハッとして声《こえ》をあげる。

**「そうか、トイレだ!!」**

「そのとおり。３番目《ばんめ》のドアがある場所《ばしょ》とはトイレのことじゃないかな？　尾狩刑事《おかるけいじ》、時間《じかん》も迫《せま》っているから、このあとの探索《たんさく》は個室《こしつ》が三《みっ》つ以上並《いじょうなら》んだトイレに絞《しぼ》りませんか？」

「なるほどであります。ぜひそういたしましょう！　では探索再開《たんさくさいかい》します」

尾狩刑事《おかるけいじ》が席《せき》を立《た》った。そのとき、

**ググググーーッ　ギュルルルーッ**

大《おお》きな音《おと》が部屋《へや》に鳴《な》り響《ひび》いた。

「ごめんなさい！　こんなときだっていうのに、おなかの虫《むし》が言《い》うこと聞《き》いてくれなくって」

美希《みき》は、照《て》れくさそうに頭《あたま》をかいた。

尾狩刑事《おかるけいじ》はハッとする。

「すみません！　ごはんの時間《じかん》をうっかり失念《しつねん》しておりました！」

「いえ、1時《じ》まで6時間《じかん》しかないし、時間《じかん》がもったいないですよ！」

美希《みき》は言《い》ったが、尾狩刑事《おかるけいじ》は首《くび》を横《よこ》に振《ふ》る。

「いえいえ、それはいけません。わたくしは難《むずか》しい捜査《そうさ》のときほど絶対《ぜったい》に食事《しょくじ》と休憩《きゅうけい》だけは欠《か》かさないようにしているのです。ごはんを食《た》べたあとに再開《さいかい》といきましょう」

「ぼくも尾狩刑事《おかるけいじ》の意見《いけん》に賛成《さんせい》です。脳《のう》の活動《かつどう》にはブドウ糖《とう》が必要《ひつよう》だからね。食事《しょくじ》をとらない状態《じょうたい》で続《つづ》けても集中力《しゅうちゅうりょく》が出《で》なくて非効率《ひこうりつ》かと」

尾狩刑事《おかるけいじ》と真実《しんじつ》の言葉《ことば》で、みんなは短《みじか》い食事休憩《しょくじきゅうけい》をとることになった。

●

宿泊施設《しゅくはくしせつ》にある調理場《ちょうりば》で、尾狩刑事《おかるけいじ》がものの20分《ぷん》ほどでカレーを作《つく》ってくれた。

「実《じつ》はぼくもペコペコだったんだ。おいしい〜!!　おかわり食《た》べていいですか？」

健太《けんた》はあまりのおいしさにあっという間《ま》にペロリと一皿《ひとさら》たいらげて、すぐさまおかわりした。

美希《みき》もおいしいおいしいと言《い》ってパクパク食《た》べた。

「尾狩刑事《おかるけいじ》って、とっても料理上手《りょうりじょうず》ですね！　短時間《たんじかん》でささっとこんなおいしいカレーを作《つく》っちゃうなんて」

「非常《ひじょう》に深《ふか》みとコクがありますね。何《なに》か隠《かく》し味《あじ》はあるんですか？」

「さすがであります、真実《しんじつ》さん。よくぞ気《き》づいてくれました。実《じつ》は一晩寝《ひとばんね》かせたようなコクを出《だ》すために、隠《かく》し味《あじ》として金平糖《こんぺいとう》を入《い》れているのであります」

「え、金平糖《こんぺいとう》!?」

健太《けんた》と美希《みき》は同時《どうじ》に驚《おどろ》きの声《こえ》をあげた。

「はい、隠《かく》し味《あじ》に糖分《とうぶん》を入《い》れると、味《あじ》にコクと深《ふか》みが出《で》て格別《かくべつ》においしくなるのであります」

「なるほど、たしかに砂糖《さとう》とたんぱく質《しつ》を加熱《かねつ》すると、メイラード反応《はんのう》が起《お》きてコクが出《で》ますね」

真実《しんじつ》は納得《なっとく》した。

「……アリスもこのカレーが大変好《たいへんす》きで、いつもたくさんおかわりしてくれました」

尾狩刑事《おかるけいじ》はそう言《い》うと寂《さび》しそうな顔《かお》になった。

健太《けんた》、美希《みき》、真実《しんじつ》はその様子《ようす》に思《おも》わずカレーを食《た》べる手《て》を止《と》めた。

「あ、すみません！　みなさんが喜《よろこ》んでわたくしのカレーを食《た》べてくれる姿《すがた》に、妹《いもうと》の姿《すがた》を重《かさ》ねてしまって……不覚《ふかく》にも感傷的《かんしょうてき》になってしまいました。カレー、まだまだあるんでたくさん食《た》べてくださいね！」

なんとか場《ば》の空気《くうき》をとりつくろうと尾狩刑事《おかるけいじ》はぎこちなく笑《わら》った。

食事《しょくじ》を終《お》えた一同《いちどう》は、探索《たんさく》を再開《さいかい》するために宿泊《しゅくはく》

施設《しせつ》の前《まえ》に集《あつ》まった。

「新《あら》たな視点《してん》を得《え》るためにペアを変《か》えて、真実《しんじつ》さんと美希《みき》さんのチーム、そしてわたくしと健太《けんた》さんで回《まわ》りましょう。みなさん、これを腕《うで》につけてください」

尾狩刑事《おかるけいじ》はそう言《い》って腕時計《うでどけい》を真実《しんじつ》、美希《みき》、健太《けんた》たちに配《くば》った。

「丑《うし》の刻《こく》、夜中《よなか》の1時《じ》になるとアラームが鳴《な》るように設定《せってい》しました。0時《じ》50分《ぷん》までにドアが三《みっ》つ以上並《いじょうなら》ぶトイレを見《み》つけて、それぞれ3番目《ばんめ》のドアの前《まえ》で待機《たいき》。そしてアラームが鳴《な》ったら3回《かい》ノックしてください」

真実《しんじつ》は腕時計《うでどけい》を身《み》につけながら何《なに》かを考《かんが》えていた。


真実《しんじつ》と美希《みき》は北側《きたがわ》の集落《しゅうらく》あとに向《む》かい、島《しま》の端《はし》のほうまで来《き》ていた。

美希《みき》が前方《ぜんぽう》に何《なに》かを見《み》つける。月明《つきあ》かりに照《て》らされて、丘《おか》の上《うえ》に、3階建《かいだ》ての大《おお》きな建物《たてもの》が立《た》っていた。

「真実《しんじつ》くん、あれ、何《なに》かな??」

「学校《がっこう》か病院《びょういん》の可能性《かのうせい》が高《たか》いと思《おも》う。昼間《ひるま》あれだけ歩《ある》き回《まわ》っても、学校《がっこう》と病院《びょういん》が見《み》つからなかったことがずっと引《ひ》っかかっていたんだ。この規模《きぼ》の島《しま》なら、どちらも必《かなら》ずあるはずだからね」

美希《みき》は腕時計《うでどけい》を見《み》る。

「うん。行《い》ってみよう！　あそこなら広《ひろ》いトイレがありそう。残《のこ》り時間《じかん》を考《かんが》えると、あの建物《たてもの》で待機《たいき》することになりそうだね」

一方《いっぽう》、尾狩刑事《おかるけいじ》と健太《けんた》は、南側《みなみがわ》の集落《しゅうらく》の探索《たんさく》を続《つづ》けていたが、いっこうに三《みっ》つ以上《いじょう》ドアが並《なら》んだトイレを見《み》つけられないでいた。

「どうしましょう、あと30分《ぷん》で丑《うし》の刻《こく》になってしまうのであります。しかし南側《みなみがわ》の集落《しゅうらく》あとには、もう、三《みっ》つ以上《いじょう》ドアが並《なら》んだトイレは見《み》つかりそうもありません」

あせっている尾狩刑事《おかるけいじ》のもとに、美希《みき》から電話《でんわ》がかかってきた。

「尾狩刑事《おかるけいじ》！　わたしたちは島《しま》の北端《ほくたん》にある病院《びょういん》にたどり着《つ》きました。ここの男子《だんし》トイレと女子《じょし》トイレに三《みっ》つの個室《こしつ》を見《み》つけました！　わたしたちはここで待機《たいき》することにします」

「承知《しょうち》いたしました！　気《き》をつけてください」

尾狩刑事《おかるけいじ》は電話《でんわ》を切《き》る。

健太《けんた》は極度《きょくど》の緊張《きんちょう》からおなかに異変《いへん》を感《かん》じ、尾狩刑事《おかるけいじ》に申《もう》し訳《わけ》なさそうに声《こえ》をかけた。

「こんなときにすみません、尾狩刑事《おかるけいじ》！　ぼく、トイレに行《い》きたくなってきました」

「それでは、宿泊施設《しゅくはくしせつ》に戻《もど》って、トイレに行《い》きましょう。トイレは建物《たてもの》の1階《かい》にありましたよ」

あわてて宿泊施設《しゅくはくしせつ》に戻《もど》った健太《けんた》が男子《だんし》トイレに入《はい》ると、個室《こしつ》のドアが二《ふた》つ並《なら》んでいた。

「あれれ、そんなぁ……」

なんと二《ふた》つのドアのどちらにも「故障中《こしょうちゅう》」の紙《かみ》が貼《は》ってあったのだ。

**「昼間《ひるま》は普通《ふつう》に使《つか》えたのに、いつの間《ま》に故障《こしょう》したんだろ？**

**それにしても誰《だれ》がこの貼《は》り紙《がみ》を？　管理人《かんりにん》さんかな？**

**あれ、貼《は》り紙《がみ》になんか書《か》かれてあるな」**

よく見《み》ると、「故障中《こしょうちゅう》」の文字《もじ》の下《した》には、次《つぎ》の文《ぶん》が書《か》かれていた。

## 「別館《べっかん》地下《ちか》2階《かい》のトイレをご利用《りよう》ください」

健太《けんた》は宿泊施設《しゅくはくしせつ》の前《まえ》で待《ま》っていた尾狩刑事《おかるけいじ》に報告《ほうこく》した。

「尾狩刑事《おかるけいじ》、ごめんなさい！　トイレが故障中《こしょうちゅう》で別館《べっかん》のトイレに行《い》くのでちょっと時間《じかん》がかかりそうです」

「え、別館《べっかん》!?」

「はい、貼《は》り紙《がみ》には、別館地下《べっかんちか》2階《かい》のトイレを使《つか》うように書《か》いてありました。でも、別館《べっかん》ってどこなんだろ？」

尾狩刑事《おかるけいじ》は首《くび》をかしげる。

「不可思議《ふかしぎ》です。別館《べっかん》なんてあるのでしょうか？」

尾狩刑事《おかるけいじ》と健太《けんた》は宿泊施設《しゅくはくしせつ》の1階《かい》にあるドアを見《み》つける。

ドアを開《あ》けると渡《わた》り廊下《ろうか》があり、進《すす》んでいくと地下《ちか》へと続《つづ》く階段《かいだん》があった。

「こんなところに地下《ちか》への階段《かいだん》が……ここはいったい」

尾狩刑事《おかるけいじ》は慎重《しんちょう》に階段《かいだん》を下《お》り、健太《けんた》もついていった。

地下《ちか》に下《お》りて電気《でんき》をつけると、長《なが》い廊下《ろうか》が続《つづ》いていた。

部屋《へや》が並《なら》び、一番手前《いちばんてまえ》の部屋《へや》には「職員室《しょくいんしつ》」と書《か》かれた古《ふる》い札《ふだ》がかかっていた。

尾狩刑事《おかるけいじ》が言《い》う。

「もしや、ここは学校《がっこう》ではありませんか！　別館《べっかん》の地上《ちじょう》部分《ぶぶん》は老朽化《ろうきゅうか》で壊《こわ》され、地下《ちか》だけ残《のこ》っていたのかもしれません」

「まさか、宿泊施設《しゅくはくしせつ》の地下《ちか》に学校《がっこう》があったなんて……。昔学校《むかしがっこう》があった場所《ばしょ》に宿泊施設《しゅくはくしせつ》が建《た》てられたということかあ」

健太《けんた》が声《こえ》をあげた。

ふたりが廊下《ろうか》を歩《ある》いていると、ガタッと物音《ものおと》が聞《き》こえた。

「え……トイレに貼《は》り紙《がみ》をした管理人《かんりにん》さんかな⁇」

「宿泊施設《しゅくはくしせつ》を管理《かんり》している人《ひと》がここにいてもおかしくないですね。すみませーん！　誰《だれ》かい

らっしゃるのですか？　わたくしたちは本日宿泊施設《ほんじつしゅくはくしせつ》を利用《りよう》している者《もの》です」

尾狩刑事《おかるけいじ》は警戒《けいかい》しながら声《こえ》をかけたが返事《へんじ》はない。


つきあたりにあった階段《かいだん》をふたりが下《お》りていくと、

**ウオオオオオーオン**
**ウオオオオオーオン**

不気味《ぶきみ》なうなり声《ごえ》が建物《たてもの》に鳴《な》り響《ひび》いている。

健太《けんた》は驚《おどろ》いてビクッとして立《た》ち止《ど》まる。

「もしや、無念《むねん》にも流刑地《るけいち》で死《し》んだ亡霊《ぼうれい》の声《こえ》!?」

「……いいえ、健太《けんた》さん」

尾狩刑事《おかるけいじ》が踊《おど》り場《ば》の天井近《てんじょうちか》くの壁《かべ》にある換気口《かんきこう》を指《ゆび》さした。

「これは、換気口《かんきこう》から地上《ちじょう》の風《かぜ》が流《なが》れ込《こ》んでくる音《おと》であります」

健太《けんた》はホッとする。

「なんだ、風《かぜ》かあ」

「丑《うし》の刻《こく》まで時間《じかん》がありません。さあ、急《いそ》ぐであります！」

尾狩刑事《おかるけいじ》と健太《けんた》は地下《ちか》2階《かい》に到着《とうちゃく》した。壁《かべ》にあるスイッチを見《み》つけ電気《でんき》をつけると、長《なが》い廊下《ろうか》が照《て》らし出《だ》された。

尾狩刑事《おかるけいじ》は健太《けんた》と歩《ある》いていく。廊下《ろうか》の右側《みぎがわ》には教室《きょうしつ》が並《なら》んでいた。

その中《なか》のひとつのドアが開《あ》いていた。尾狩刑事《おかるけいじ》がドアの隙間《すきま》から中《なか》をのぞくと、教室《きょうしつ》の隅《すみ》にポツンと人《ひと》が立《た》っていた。廊下《ろうか》の明《あ》かりが届《とど》かないのでハッキリとは見《み》えない。

「もしや管理人《かんりにん》さんですか？　すみません、この廊下《ろうか》の先《さき》にトイレはありますか？」

その人物《じんぶつ》は微動《びどう》だにしない。

「……こんばんは」

健太《けんた》も声《こえ》をかけたが、反応《はんのう》はない。

尾狩刑事《おかるけいじ》は教室《きょうしつ》に足《あし》を踏《ふ》み入《い》れ、眼鏡《めがね》をクイッと押《お》し上《あ》げて暗闇《くらやみ》に目《め》をこらす。

「**ヒッ!!**」

思《おも》わず小《ちい》さく悲鳴《ひめい》をあげた。

体半分《からだはんぶん》の皮膚《ひふ》が引《ひ》きはがされて、内臓《ないぞう》がむきだしになった男《おとこ》が立《た》っていたのだ。

うしろからついてきていた健太《けんた》もおそるおそるのぞき込《こ》むと大声《おおごえ》で叫《さけ》んだ。

**「出《で》た、ゾンビだーっ!!」**

健太《けんた》は腰《こし》を抜《ぬ》かし、ドンッと尻《しり》もちをついた。

尾狩刑事《おかるけいじ》がもう一度《いちど》暗闇《くらやみ》に目《め》をこらすと、何《なに》かに気《き》づいた。

「すみません、人体模型《じんたいもけい》でありましたね。わたくしのせいでムダに驚《おどろ》かせてしまいました。さあ、先《さき》を急《いそ》がなければ！」

「もう、なんだよ。まぎらわしいなあ」

健太《けんた》は人体模型《じんたいもけい》を見《み》るが、不気味《ぶきみ》さにぞっとしてあわてて教室《きょうしつ》を出《で》た。

緊張《きんちょう》しておなかが痛《いた》かった健太《けんた》だが、いつしか予言《よげん》の場所探《ばしょさが》しに夢中《むちゅう》になって痛《いた》みがおさまっていた。

尾狩刑事《おかるけいじ》と健太《けんた》が廊下《ろうか》の奥《おく》にたどり着《つ》くと、「男子《だんし》トイレ」と「女子《じょし》トイレ」と書《か》かれた

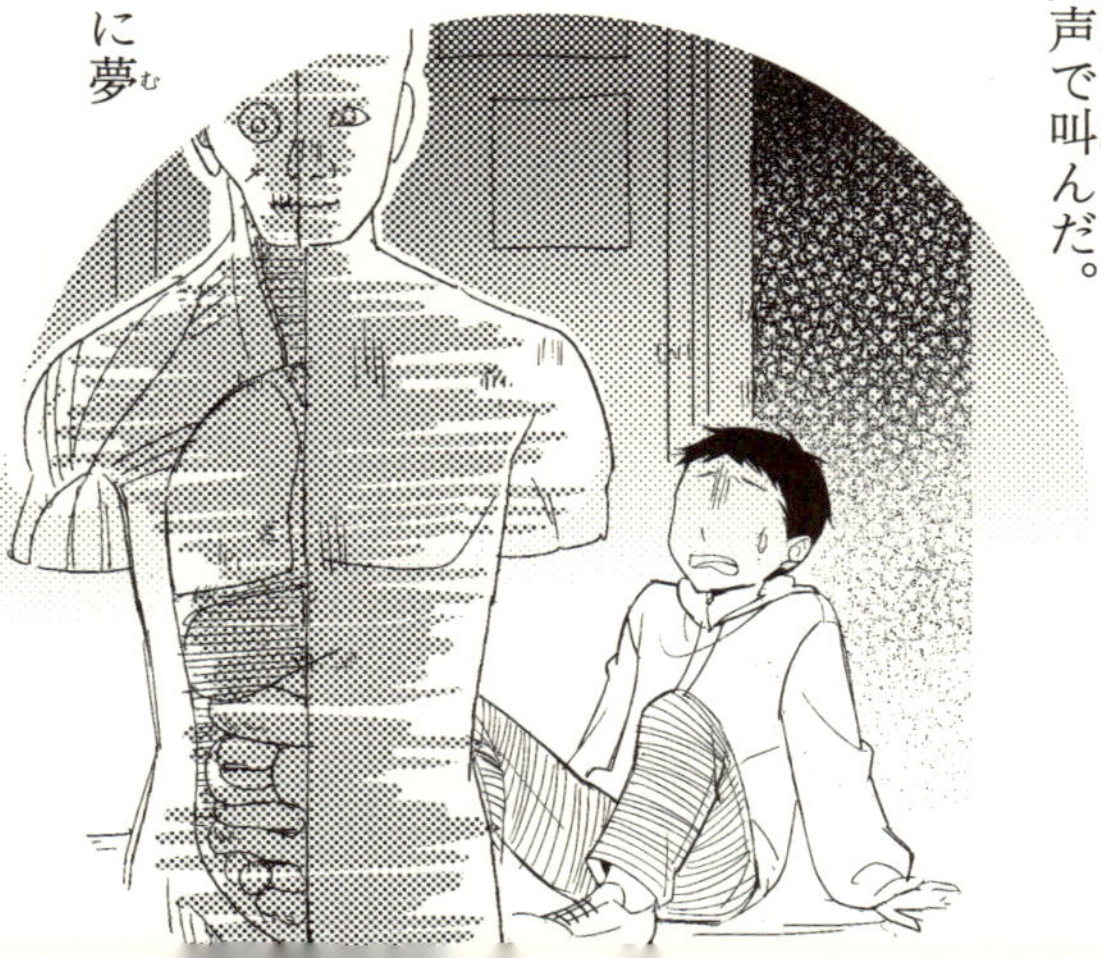

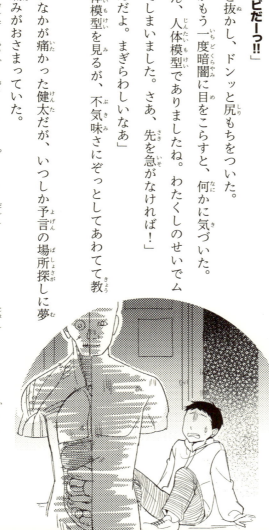

古《ふる》い札《ふだ》がかかっていた。

健太《けんた》は男子《だんし》トイレのドアに手《て》をかけて中《なか》をのぞく。

「尾狩刑事《おかるけいじ》、ドアが三《みっ》つ並《なら》んでいます！」

尾狩刑事《おかるけいじ》も女子《じょし》トイレのドアを開《あ》けてのぞいていた。

「はい、こちらの女子《じょし》トイレにも三《みっ》つドアが並《なら》んでいます。丑《うし》の刻《こく》まで、あと1分《ぷん》です。健《けん》太《た》さんは男子《だんし》トイレをノックしてください。わたくしは女子《じょし》トイレを担当《たんとう》します！」

「はい！」

返事《へんじ》をした健太《けんた》はおそるおそる男子《だんし》トイレに入《はい》った。

壁《かべ》には小便器《しょうべんき》が三《みっ》つ並《なら》んでいて、その反対側《はんたいがわ》に個室《こしつ》が三《みっ》つ並《なら》んでいた。

「あれ……奥《おく》にある3番目《ばんめ》のドアだけ、扉《とびら》が閉《し》まってるや」

3番目《ばんめ》のドアの前《まえ》にたどり着《つ》いた健太《けんた》は腕時計《うでどけい》を見《み》ながら、緊張《きんちょう》して呼吸《こきゅう》を整《ととの》える。

目《め》をつぶって、ブツブツつぶやく。

「予言《よげん》にある3番目《ばんめ》のドアは見《み》つけたいけど、どうか、ぼくのとこには出《で》てこないでっ」

**ピピピピッ、ピピピピッ、ピピピッ**

アラームが1時《じ》を知《し》らせた。
意《い》を決《けっ》してドアを3回《かい》ノックする。
**コンッ、コン、コン**
健太《けんた》は息《いき》をのんでじっと待《ま》つ……。
（……このドアじゃなかったんだ）
ほっとしたその瞬間《しゅんかん》……。

「は〜い」


突然《とつぜん》、少年《しょうねん》の声《こえ》が個室《こしつ》から聞《き》こえた。

（え⁇）

健太《けんた》の体《からだ》は一瞬《いっしゅん》にして凍《こお》りつく。

ギギギーッと扉《とびら》が開《ひら》き、青《あお》い帽子《ぼうし》をかぶった半《はん》ズボン姿《すがた》の少年《しょうねん》が出《で》てくる。

少年《しょうねん》は健太《けんた》と同《おな》じような背格好《せかっこう》なのに、頭《あたま》だけが異様《いよう》に大《おお》きい。直径《ちょっけい》1メートルはあるだろうか。

少年《しょうねん》はじっとこちらを見《み》ている。

「……ねえ一緒《いっしょ》に遊《あそ》ぼ？」

恐怖《きょうふ》で身《み》をかたくした健太《けんた》は、言葉《ことば》が出《で》ずにガタガタと震《ふる》える。

頭《あたま》の大《おお》きな少年《しょうねん》がニッコリとほほえむ。

「そうだ、鬼《おに》ごっこしよ？　ぼくが追《お》っかけてキミを捕《つか》まえたら、あの世《よ》に連《つ》れていってあげるね」

少年《しょうねん》はそう言《い》ってにじり寄《よ》ってくる。

「ぎゃ、ぎゃーッ!!」

健太《けんた》が叫《さけ》び声《ごえ》をあげてトイレから飛《と》び出《だ》した。

「どうしました、大丈夫《だいじょうぶ》でありますか!?」

叫《さけ》び声《ごえ》を聞《き》いて、女子《じょし》トイレから廊下《ろうか》に飛《と》び出《だ》してきた尾狩刑事《おかるけいじ》が声《こえ》をかけたが、パニックになった健太《けんた》は一目散《いちもくさん》に廊下《ろうか》を走《はし》っていってしまう。

廊下《ろうか》のつきあたりに電気《でんき》がついた明《あか》るい部屋《へや》が見《み》えたので駆《か》け込《こ》むと、そこは音楽室《おんがくしつ》だった。

健太《けんた》は扉《とびら》を閉《し》めて、ピアノのかげにしゃがんで身《み》を隠《かく》した――が、恐怖《きょうふ》で体《からだ》はガタガタと震《ふる》えた。

（追《お》っかけてこないで、お願《ねが》い！）

ふと気配《けはい》を感《かん》じた健太《けんた》は天井《てんじょう》の隅《すみ》を見上《みあ》げるが……誰《だれ》もいない。

すると、急《きゅう》に部屋《へや》の電気《でんき》がパチンと消《き》えて、天井《てんじょう》の隅《すみ》がライトでパッと照《て》らされる。見《み》ると、誰《だれ》もいなかったはずの天井《てんじょう》の隅《すみ》に、先《さき》ほどの大《おお》きな頭《あたま》の少年《しょうねん》が壁《かべ》に張《は》りついて健太《けんた》を見下《みお》ろしていた。

「見《み》ーつけた、遊《あそ》ぼう」

「ぎ、ぎゃー」

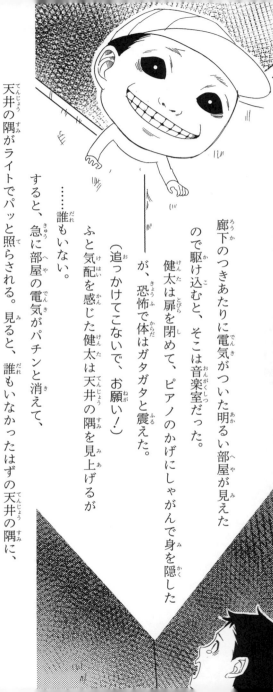

健太《けんた》の悲鳴《ひめい》は廊下《ろうか》まで響《ひび》き渡《わた》った。

健太《けんた》はあまりの恐怖《きょうふ》に絶叫《ぜっきょう》し、音楽室《おんがくしつ》を出《で》たところで腰《こし》を抜《ぬ》かしてしまった。

●

北側《きたがわ》の集落《しゅうらく》あとにある病院《びょういん》にいた真実《しんじつ》と美希《みき》たちが、尾狩刑事《おかるけいじ》からの連絡《れんらく》を受《う》けてこちらに戻《もど》ってきた。

「まさか宿泊施設《しゅくはくしせつ》の地下《ちか》に、学校《がっこう》の一部《いちぶ》が残《のこ》ってたなんて！」

美希《みき》は驚《おどろ》いていた。

「健太《けんた》くん、大丈夫《だいじょうぶ》かい」

真実《しんじつ》は廊下《ろうか》の隅《すみ》でうずくまっている健太《けんた》の前《まえ》にひざまずいた。

「うん……なんとか大丈夫《だいじょうぶ》だよ」

健太《けんた》もようやく落《お》ち着《つ》いたようだ。

「健太《けんた》くん、ここの男子《だんし》トイレに妖怪《ようかい》が現《あらわ》れたんだって？」

「そうなんだ、美希《みき》ちゃん。ぼくが男子《だんし》トイレの3番目《ばんめ》のドアをノックすると、中《なか》から1メートルくらいの、こんな大《おお》きい頭《あたま》をした少年《しょうねん》が出《で》てきたんだ！」

「え〜、頭《あたま》が1メートルもある少年《しょうねん》!?」

「うん。追《お》いかけられて、あまりに怖《こわ》くて逃《に》げ出《だ》したんだ。それで廊下《ろうか》を走《はし》ってつきあたりの音楽室《おんがくしつ》に隠《かく》れたら、今度《こんど》は天井《てんじょう》の隅《すみ》に、その少年《しょうねん》が急《きゅう》に現《あらわ》れたんだよ!!」

「**それって、トイレから音楽室《おんがくしつ》に、瞬間移動《しゅんかんいどう》したってこと??**」

美希《みき》が驚《おどろ》きの声《こえ》をあげた。

「そうなんだ。あれは絶対《ぜったい》、本物《ほんもの》の妖怪《ようかい》だよ!!」

「瞬間移動《しゅんかんいどう》できる、巨大《きょだい》な頭《あたま》をした少年《しょうねん》って、何者《なにもの》だろう？」

美希《みき》は首《くび》をかしげる。

「トイレで起《お》きる不可思議事件《ふかしぎじけん》……追《お》いかけてくる少年《しょうねん》」

尾狩刑事《おかるけいじ》は手帳《てちょう》をめくりだして、ハッとする。

「もしかしてトイレの太郎《たろう》くんではないでしょうか！」

「トイレの花子《はなこ》さんだけじゃなく、太郎《たろう》くんっていうのもいるんですか？」

美希《みき》が声《こえ》をあげると、尾狩刑事《おかるけいじ》はうなずく。

「そうなんです。トイレの花子《はなこ》さんはこちらに危害《きがい》は加《くわ》えない存在《そんざい》とされていますが、トイレの太郎《たろう》くんが恐《おそ》ろしいのは、遊《あそ》ぼうと言《い》ってきて、それで逃《に》げだしてしまうと、どこまでも追《お》いかけてきて、あの世《よ》に引《ひ》きずり込《こ》まれてしまうというところなんです」

「そうか、ぼくが見《み》たのはトイレの太郎《たろう》くんだったんだ！　ぼくもその都市伝説《としでんせつ》を聞《き》いたことあるよ」

真実《しんじつ》が現場《げんば》を見《み》たいというので、太郎《たろう》くんが出《で》たという男子《だんし》トイレを確認《かくにん》した。中《なか》には誰《だれ》もいなかった。

尾狩刑事《おかるけいじ》が説明《せつめい》する。

「健太《けんた》さんが悲鳴《ひめい》をあげて出《で》てきたあと、わたくしは男子《だんし》トイレの中《なか》を確認《かくにん》しましたが、そのときには太郎《たろう》くんらしき人物《じんぶつ》はいませんでした」

真実《しんじつ》が考《かんが》えをめぐらせながら、口《くち》を開《ひら》く。

「そして健太《けんた》くんはトイレを飛《と》び出《だ》して、音楽室《おんがくしつ》まで逃《に》げたんだね」

次《つぎ》に真実《しんじつ》たちは太郎《たろう》くんが現《あらわ》れたという音楽室《おんがくしつ》を見《み》に行《い》った。

「健太《けんた》くん、急《きゅう》にその少年《しょうねん》が現《あらわ》れたということだけど、何《なに》か気《き》になった点《てん》はなかったかい？」

健太《けんた》はしばらく考《かんが》えて、何《なに》かに思《おも》い当《あ》たる。

「そうだ、ぼくがここでドアを閉《し》めて震《ふる》えていたら、一瞬《いっしゅん》、部屋《へや》の明《あ》かりが消《き》えて、その後《あと》に天井《てんじょう》の隅《すみ》が明《あか》るくなったと思《おも》ったら、そこに太郎《たろう》くんが急《きゅう》に現《あらわ》れたんだよ。最初《さいしょ》は誰《だれ》もいなかったのに！」

**「部屋《へや》の明《あ》かりが一瞬《いっしゅん》、暗《くら》くなった……」**

そうつぶやくと真実《しんじつ》は現場《げんば》をよく見《み》て回《まわ》った。

すると、教室《きょうしつ》の壁《かべ》にスポットライトを見《み》つける。

そのライトは太郎《たろう》くんが現《あらわ》れたという天井《てんじょう》の隅《すみ》を照《て》らすように設置《せっち》されていた。

真実《しんじつ》は音楽室《おんがくしつ》にもう一《ひと》つドアがあることに気《き》づいて、開《あ》ける。

「非常用階段《ひじょうようかいだん》が地上《ちじょう》まで続《つづ》いているね。ここから出《で》て、地上《ちじょう》も調《しら》べてみよう」

地上《ちじょう》にあがった真実《しんじつ》は、木《き》の枝《えだ》に布《ぬの》が引《ひ》っかかっていることに気《き》づく。

**「あの布《ぬの》、何《なん》だろう？　見《み》てみよう」**

真実《しんじつ》は木《き》に引《ひ》っかかっていた布《ぬの》を回収《かいしゅう》した。

それは縦横《たてよこ》2メートルほどの、向《む》こう側《がわ》が透《す》けて見《み》える薄《うす》い布《ぬの》だった。

**「あれ、この布《ぬの》に何《なに》か絵《え》が描《か》いてありますね」**

尾狩刑事《おかるけいじ》がそう言《い》って布《ぬの》を広《ひろ》げると、そこには

天井《てんじょう》の隅《すみ》の写真《しゃしん》がプリントされていた。

考《かんが》えをめぐらせていた真実《しんじつ》が口《くち》を開《ひら》く。

「おそらく天井《てんじょう》につりさげられていたのはトイレの太郎《たろう》くんの人形《にんぎょう》だね。この薄《うす》い布《ぬの》と、壁《かべ》に設置《せっち》されたライトを使《つか》えば、天井《てんじょう》にトイレの太郎《たろう》くんが突然現《とつぜんあらわ》れたように見《み》せることができる……。ナゾはすべて解《と》けたよ」

ライトと薄《うす》い布《ぬの》をどのように使《つか》えば、トイレの太郎《たろう》くんが突然現《とつぜんあらわ》れたように見《み》せることができるのだろうか？

# 解《かい》決《けつ》編《へん》

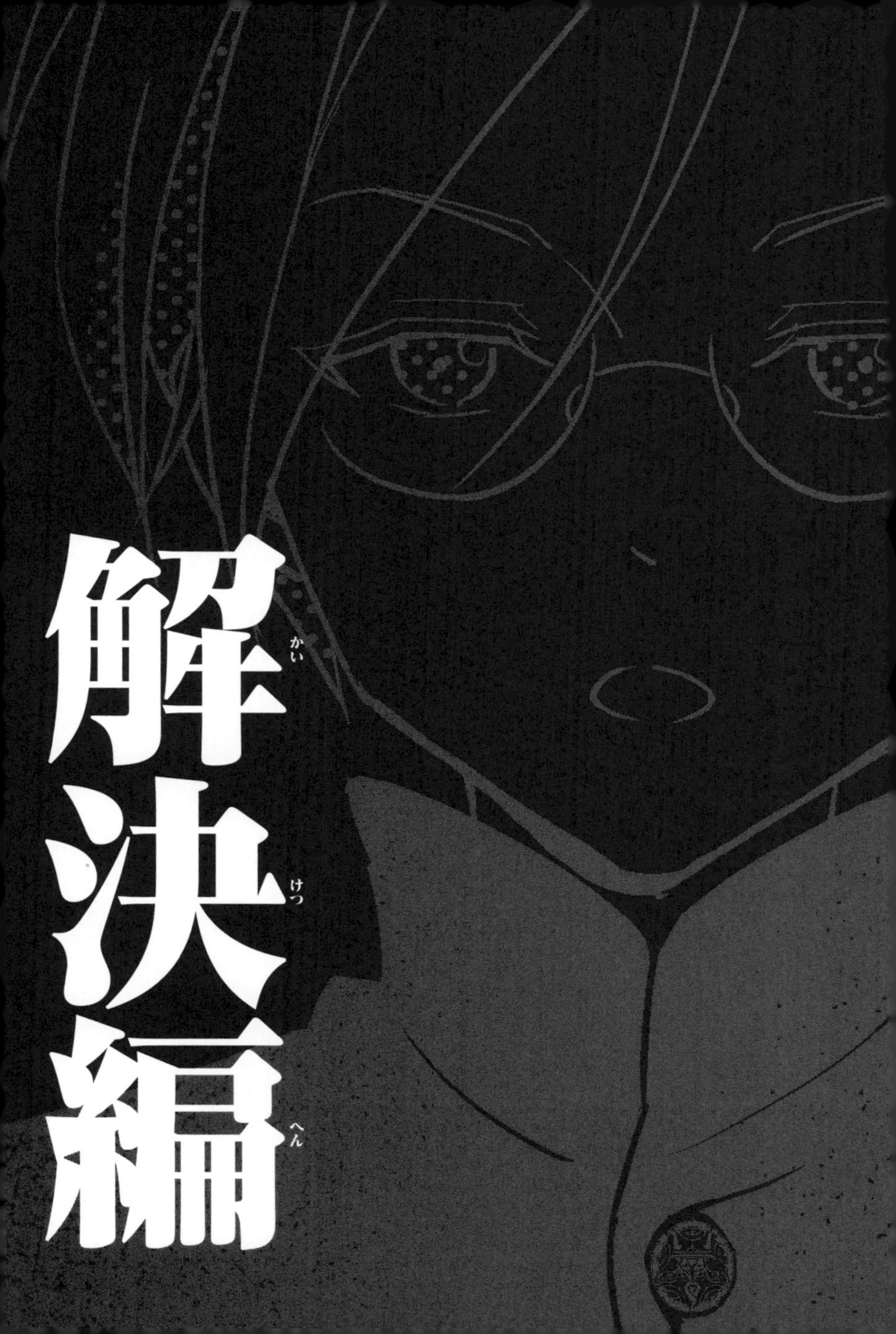

真実《しんじつ》が解説《かいせつ》する。

**「これは、紗幕《しゃまく》を利用《りよう》したトリックだよ」**

「なにシャマクって??」

健太《けんた》が質問《しつもん》した。

「薄《うす》い布地《ぬのじ》で作《つく》られた幕《まく》のことだよ。健太《けんた》くんが音楽室《おんがくしつ》に逃《に》げ込《こ》んだときには、さっき回収《かいしゅう》した天井《てんじょう》の写真《しゃしん》がプリントされた紗幕《しゃまく》が音楽室《おんがくしつ》の天井《てんじょう》の隅《すみ》に貼《は》られていた。

そして、その裏《うら》には太郎《たろう》くんの人形《にんぎょう》が準備《じゅんび》されていたんだ」

「そうか。でも、最初《さいしょ》は太郎《たろう》くんは見《み》えなかったけど……」

「光《ひかり》がカギなのさ。健太《けんた》くんは太郎《たろう》くんが現《あらわ》れる前《まえ》に、部屋《へや》の電気《でんき》が暗《くら》くなったと言《い》っていたよね。部屋《へや》が明《あか》るいときは紗幕《しゃまく》に光《ひかり》が反射《はんしゃ》してその裏側《うらがわ》は見《み》えない。でも部屋《へや》を暗《くら》くして、紗幕《しゃまく》の裏側《うらがわ》に設置《せっち》されたスポットライトで太郎《たろう》くんを照《て》らすと、紗幕《しゃまく》が透《す》けて、急《きゅう》に太《た》郎《ろう》くんが現《あらわ》れたように見《み》えたんだよ。これは舞台《ぶたい》の演出《えんしゅつ》でも利用《りよう》されている手法《しゅほう》だよ」

真実《しんじつ》は眼鏡《めがね》をクイッと持《も》ち上《あ》げながら考《かんが》えをめぐらせる。

## 紗幕《しゃまく》のトリック

**1**

室内《しつない》が明《あか》るい
ときは、紗幕《しゃまく》に
光《ひかり》が反射《はんしゃ》して
中《なか》が見《み》えない

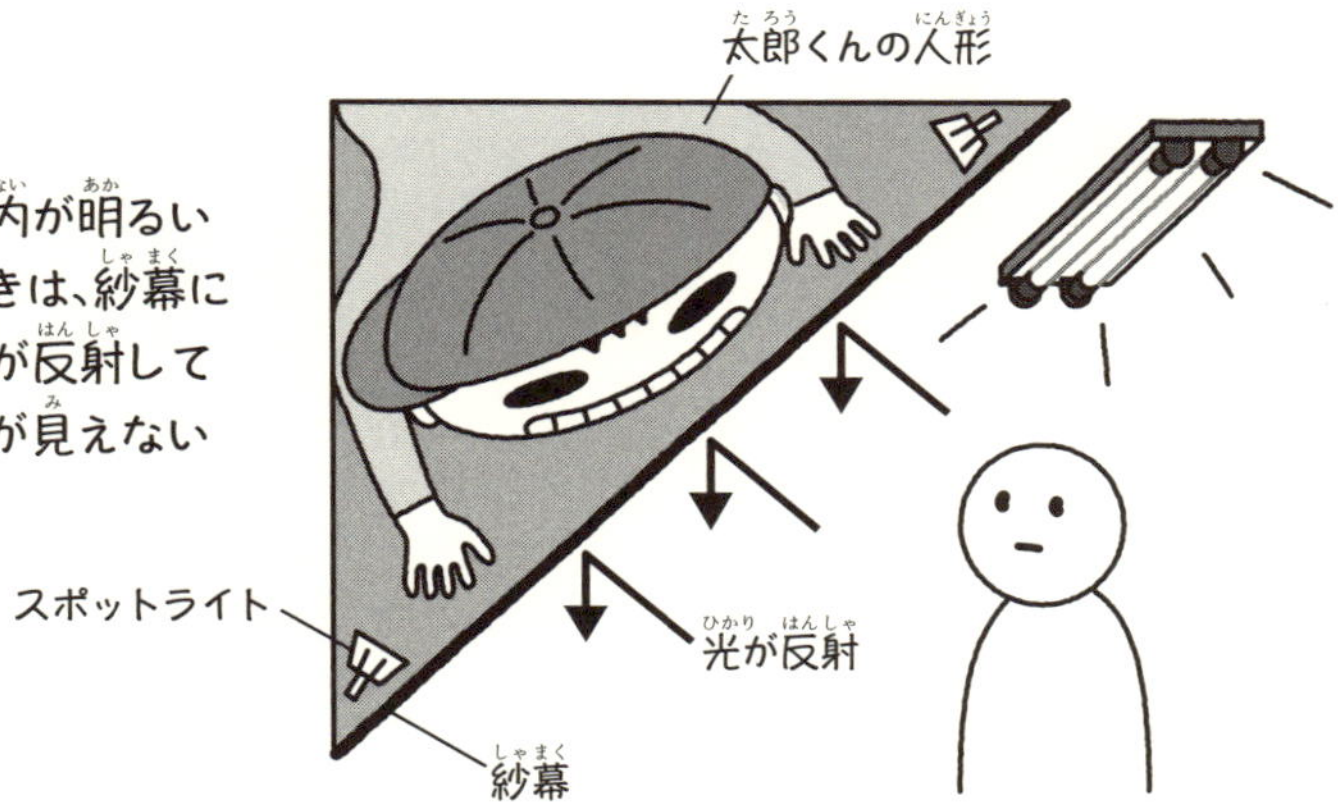


**2**

室内《しつない》が暗《くら》くなり
スポットライトが
つくと、紗幕《しゃまく》が
透《す》けて太郎《たろう》くんが
見《み》える

「トイレに現《あらわ》れた太郎《たろう》くんは、おそらく誰《だれ》かがかぶりものをしていたんだろう。トイレの近《ちか》くにも非常口《ひじょうぐち》があったから、健太《けんた》くんがトイレから逃《に》げ出《だ》した隙《すき》に、かぶりものを脱《ぬ》いでそこから逃走《とうそう》した。そして音楽室《おんがくしつ》の天井《てんじょう》の隅《すみ》から見下《みお》ろしていた太郎《たろう》くんは人形《にんぎょう》で、別《べつ》の人物《じんぶつ》がライトのスイッチの操作《そうさ》をしていた。音楽室《おんがくしつ》から健太《けんた》くんが出《で》たあとに、紗幕《しゃまく》と人形《にんぎょう》を外《はず》して、音楽室《おんがくしつ》の奥《おく》にあった非常口《ひじょうぐち》から逃走《とうそう》したんだ。紗幕《しゃまく》は木《き》に引《ひ》っかかって残《のこ》してしまうというミスを犯《おか》したけどね。少《すく》なくともふたりの人物《じんぶつ》による犯行《はんこう》だね」

**「ということは、やっぱり、この島《しま》にはぼくたち以外《いがい》に誰《だれ》かがひそんでいたんだ！昼間《ひるま》、お墓《はか》で見《み》かけた人影《ひとかげ》も、きっとぼくたちのことを見張《みは》っていたんだよ」**

健太《けんた》が声《こえ》をあげた。

尾狩刑事《おかるけいじ》はハッとして音楽室《おんがくしつ》の非常口《ひじょうぐち》から飛《と》び出《だ》して、地上《ちじょう》に続《つづ》く非常階段《ひじょうかいだん》を駆《か》け上《あ》がった。健太《けんた》たちもあわてて、あとを追《お》う。

宿泊施設《しゅくはくしせつ》に戻《もど》った尾狩刑事《おかるけいじ》は屋上《おくじょう》に上《あ》がって周囲《しゅうい》を見渡《みわた》す。宿泊施設《しゅくはくしせつ》は丘《おか》の上《うえ》に立《た》っていて周囲《しゅうい》がよく見通《みとお》せた。

**「あ、あそこにいるのであります！」**

尾狩刑事《おかるけいじ》が指《ゆび》さした方向《ほうこう》を、遅《おく》れてやってきた真実《しんじつ》たちも見《み》る。

月明《つきあ》かりに照《て》らされた道《みち》を走《はし》っていく人影《ひとかげ》が見《み》えた。

「絶対《ぜったい》に逃《のが》しませんよ！　ではお先《さき》に」

「え⁉」

健太《けんた》と美希《みき》は驚《おどろ》きの声《こえ》をあげる。

尾狩刑事《おかるけいじ》は屋上《おくじょう》の柵《さく》をまたぐと、外壁《がいへき》に取《と》り付《つ》けられている排水管《はいすいかん》につかまって下《お》りはじめたのだ。

「気《き》をつけて！　尾狩刑事《おかるけいじ》‼」

健太《けんた》が心配《しんぱい》して声《こえ》をかけた。

尾狩刑事《おかるけいじ》は健太《けんた》を見《み》て、無言《むごん》でコクリとうなずくと、最後《さいご》はエイヤッと地面《じめん》に飛《と》び降《お》りて、駆《か》けだした。

見守《みまも》っていた健太《けんた》たちも尾狩刑事《おかるけいじ》が無事《ぶじ》に地面《じめん》に下《お》りたことにホッとして、階段《かいだん》であとを追《お》いかける。

尾狩刑事《おかるけいじ》は、月明《つきあ》かりに照《て》らされた夜道《よみち》を逃《に》げていくふたりの背中《せなか》をがむしゃらに追《お》いかける。

どんどん距離《きょり》を縮《ちぢ》めて、その背中《せなか》が30メートル先《さき》に迫《せま》った。

「そこのふたり、ちょっと待《ま》ちなさいっ!!」

彼《かれ》らは止《と》まらないどころか、崖《がけ》の上《うえ》に生《お》い茂《しげ》った草《くさ》をガサガサとかきわけて崖《がけ》の先端《せんたん》へと進《すす》んでいく。

**「観念《かんねん》しなさい！　もう崖《がけ》です。逃《に》げ場《ば》はありませんよ!!」**

尾狩刑事《おかるけいじ》も生《お》い茂《しげ》った草《くさ》をガサガサとかきわけて、崖《がけ》の先端《せんたん》までやってきたが、周《まわ》りを見《み》回《まわ》しても、その人物《じんぶつ》たちの姿《すがた》はなかった……。

真実《しんじつ》たちも遅《おく》れてやってきた。

尾狩刑事《おかるけいじ》が懐中電灯《かいちゅうでんとう》で崖《がけ》の下《した》を照《て》らして確認《かくにん》している。

「**すみません！**
**この崖《がけ》に追《お》い詰《つ》めたのですが……**
**消《き》えてしまいました**」

健太《けんた》と美希《みき》もこわごわと崖《がけ》の下《した》をのぞくと、月明《つきあ》かりの中《なか》、荒《あら》い波《なみ》が打《う》ちつけているのが見《み》えた。

「こんな崖《がけ》で消《き》えたなんて……」

美希《みき》は絶句《ぜっく》した。

「……やっぱり神《かみ》の使《つか》いなのかな!?」

健太《けんた》はポツリと言《い》った。

「残念《ざんねん》ながら犯人《はんにん》をとらえることはできなかったけれど、トリックはひとまず解明《かいめい》できたね」

真実《しんじつ》はそう言《い》うと、マントの下《した》から予言《よげん》の書《しょ》を取《と》り出《だ》すとページをめくって巻末《かんまつ》を見《み》た。

「今回《こんかい》の予言《よげん》のトリックは紗幕《しゃまく》だったということは……布《ぬの》の絵《え》が書《か》かれてある、ここだね」

そこには「13」と書《か》かれてあった。

「じゃあマス目《め》に『1』『3』と書《か》いて。真実《しんじつ》くん、次《つぎ》の予言《よげん》は何《なん》て書《か》かれて

13

35.6642

13□.□□□□

あるの？」

真実《しんじつ》が、トイレの太郎《たろう》くんの予言《よげん》の次《つぎ》のページをめくる。

『小望月《こもちづき》の夜《よる》。卯《う》の刻《こく》。

子隠《こがく》れの聖《せい》なる山《やま》に、大《おお》いなる神《かみ》の足音《あしおと》ひびく』

尾狩刑事《おかるけいじ》が口《くち》を開《ひら》く。

「次《つぎ》の不可思議事件《ふかしぎじけん》は、山《やま》で起《お》きるということで間違《まちが》いなさそうでありますね」

「……あ、この『子隠《こがく》れ』って、もしかして花森町《はなもりちょう》の北東《ほくとう》にある『古賀暮山《こがくれやま》』のことかな!?」

美希《みき》が声《こえ》をあげた。

「古賀暮山《こがくれやま》？　ぼく登《のぼ》ったことあるよ」

健太《けんた》も家族《かぞく》でハイキングに行《い》ったことがあるのだ。

美希《みき》が語《かた》る。

「実《じつ》は最近《さいきん》あの山《やま》がネットをざわつかせてるんだよね。あそこには昔《むかし》からダイダラボッチの伝説《でんせつ》があるんだけど、最近《さいきん》、古賀暮山《こがくれやま》で巨大《きょだい》な人影《ひとかげ》を見《み》たという人《ひと》がたくさんいるみたい」

「……トイレの太郎《たろう》くんの次《つぎ》は、ダイダラボッチか……」

健太《けんた》が不安《ふあん》げにつぶやいた。

美希《みき》が何《なに》かを思《おも》い出《だ》す。

「あ、そうだ。尾狩刑事《おかるけいじ》、さっき地下《ちか》の校舎《こうしゃ》から出《で》るときに何《なに》か踏《ふ》んだと思《おも》ったら、これでした」

そう言《い》うと、尾狩刑事《おかるけいじ》に何《なに》かを手渡《てわた》した……。それは数粒《すうつぶ》の金平糖《こんぺいとう》だ。

「え、あんなところに？　カレーの隠《かく》し味《あじ》に入《い》れたからかな」

健太《けんた》が不思議《ふしぎ》そうに首《くび》をかしげた。

「……いえ、校舎《こうしゃ》に落《お》ちていたとしたらアリスのものかもしれません。あの子《こ》も金平糖《こんぺいとう》が大《だい》好《す》きで常《つね》に持《も》ち歩《ある》いて、考《かんが》え事《ごと》をするときにポリポリと食《た》べていましたから」

尾狩刑事《おかるけいじ》は金平糖《こんぺいとう》を手《て》にすると、こらえていた思《おも》いが込《こ》み上《あ》げて涙《なみだ》ぐんでしまう。

美希《みき》が金平糖《こんぺいとう》を見《み》つめて言《い》う。

**「……じゃあ、やっぱりアリスちゃんもここに来《き》てたんだ」**

尾狩刑事《おかるけいじ》は手《て》にしていた金平糖《こんぺいとう》をギュッと握《にぎ》りしめてつぶやく。

「……アリス、絶対助《ぜったいたす》けるからね」

SCIENCE TRICK DATA FILE

# 科学《かがく》トリック データファイル

## 光《ひかり》を通《とお》す布《ぬの》と遮《さえぎ》る布《ぬの》

薄《うす》くて光《ひかり》をよく通《とお》す「紗幕《しゃまく》」は、明《あか》るさによって向《む》こう側《がわ》が見《み》えたり見《み》えなくなったりしました。一方《いっぽう》で、光《ひかり》を遮《さえぎ》る布《ぬの》もあります。違《ちが》いは何《なん》でしょうか。

光《ひかり》がものに当《あ》たると、一部《いちぶ》は反射《はんしゃ》し、一部《いちぶ》は通《とお》り抜《ぬ》け（透過《とうか》）、一部《いちぶ》は吸収《きゅうしゅう》されます。全体《ぜんたい》の光《ひかり》

### 光《ひかり》の量《りょう》は変《か》わらない

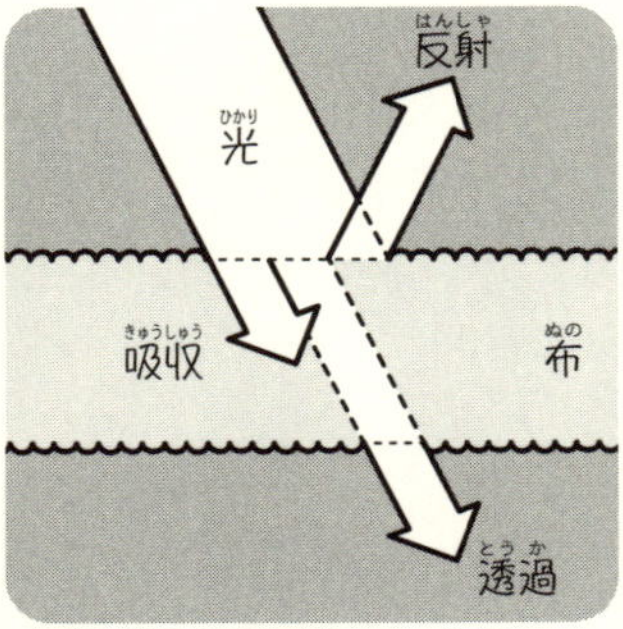


＊実際《じっさい》は光《ひかり》は物質《ぶっしつ》を通《とお》るときに屈折《くっせつ》します

光《ひかり》がものに当《あ》たって分《ぶん》散《さん》しても、その全体《ぜんたい》の量《りょう》は変《か》わらない。これを「エネルギー保存《ほぞん》の法則《ほうそく》」と呼《よ》ぶ

の量《りょう》は変《か》わらないので、光《ひかり》を遮《さえぎ》るためには反射《はんしゃ》か吸収《きゅうしゅう》をしやすくする必要《ひつよう》があります。布《ぬの》の場合《ばあい》は、使《つか》う糸《いと》の色《いろ》や性質《せいしつ》、目《め》の細《こま》かさなど、さまざまな条件《じょうけん》によって光《ひかり》の透過率《とうかりつ》が変《か》わります。

例《たと》えば、紫外線《しがいせん》カットの生地《きじ》は、細《こま》かい金属《きんぞく》の粒《つぶ》を練《ね》り込《こ》んだ糸《いと》を使《つか》って紫外線《しがいせん》を反射《はんしゃ》させたり、薬剤《やくざい》で紫外線《しがいせん》を吸収《きゅうしゅう》したりしています。

## 色《いろ》で暑《あつ》さも変《か》わる!?

暗《くら》い色《いろ》は太陽光《たいようこう》をよく吸収《きゅうしゅう》するため、太陽《たいよう》の下《した》で黒《くろ》い服《ふく》を着《き》ていると、白《しろ》い服《ふく》より熱《ねつ》を感《かん》じる

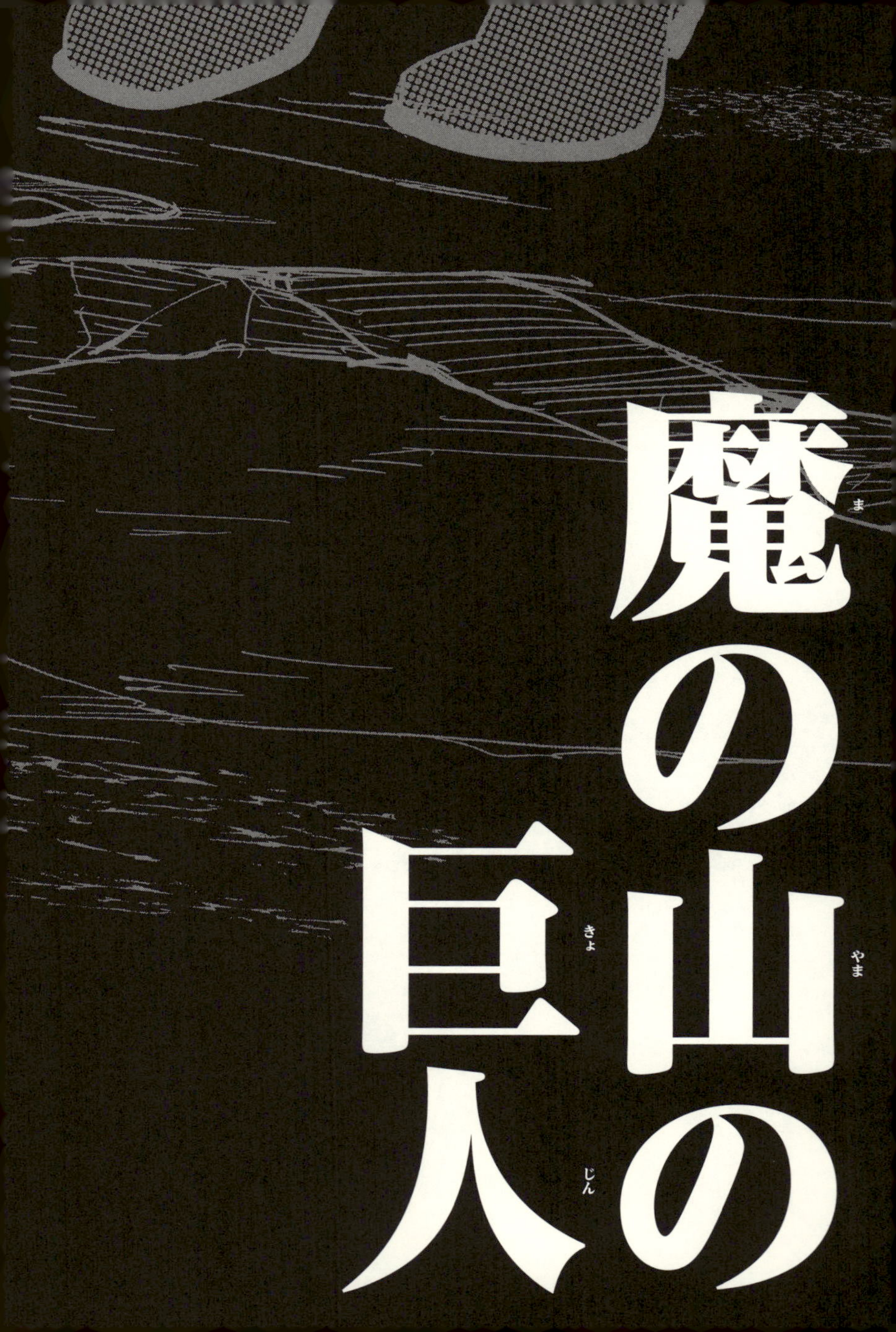

# 魔《ま》の山《やま》の巨《きょ》人《じん》

# 終末《しゅうまつ》の大予言《だいよげん》[後編《こうへん》]2

# ダイダラボッチ

「うわあ、紅葉《こうよう》がきれいだなあ！」

車《くるま》の窓《まど》から外《そと》の景色《けしき》を見《み》て、健太《けんた》が声《こえ》を張《は》り上《あ》げる。

「健太《けんた》くん、遠足《えんそく》に来《き》てるわけじゃないんだから」

美希《みき》はそう言《い》って、はしゃぐ健太《けんた》をたしなめた。

水神島《みずかみじま》での恐怖体験《きょうふたいけん》から、6日後《むいかご》――。

真実《しんじつ》、健太《けんた》、美希《みき》の3人《にん》は、尾狩刑事《おかるけいじ》が運転《うんてん》する車《くるま》で「古賀暮山《こがくれやま》」を目指《めざ》していた。

『予言《よげん》の書《しょ》』に書《か》かれた「子隠《こがく》れの聖《せい》なる山《やま》」とは、花森町《はなもりちょう》の北東《ほくとう》にある「古賀暮山《こがくれやま》」のことではないかと考《かんが》えたからだ。

古賀暮山《こがくれやま》には昔《むかし》からダイダラボッチの伝説《でんせつ》がある。実際《じっさい》に巨人《きょじん》らしき人影《ひとかげ》を見《み》たという目撃談《もくげきだん》も多《おお》く、「大《おお》いなる神《かみ》」とはダイダラボッチを指《さ》しているものと思《おも》われた。

「ダイダラボッチって、富士山《ふじさん》や琵琶湖《びわこ》をつくった国造《くにづく》りの神様《かみさま》なんだよね？　山《やま》よりも大《おお》きな体《からだ》をした妖怪《ようかい》だけど、人間《にんげん》の味方《みかた》なんだ」

妖怪好《ようかいず》きの健太《けんた》は、ダイダラボッチに会《あ》えるかもしれないという期待《きたい》に、胸《むね》をときめかせている。しかし、美希《みき》は顔《かお》をしかめながら、こう言《い》った。

「一般的《いっぱんてき》なダイダラボッチは、穏《おだ》やかな性格《せいかく》で、人間《にんげん》に悪《わる》さはしないって言《い》われてるけど、古賀暮山《こがくれやま》のダイダラボッチは、ちょっと違《ちが》うの。子《こ》どもを神隠《かみかく》しに遭《あ》わせて、食《た》べてしまうって言《い》われてるのよ」

**キキキイイイーーーッ!!!**

そのとき、突然《とつぜん》、尾狩刑事《おかるけいじ》が急《きゅう》ブレーキを踏《ふ》んだ。

「えっ、尾狩刑事《おかるけいじ》、どうしたんですか!?」

「動物《どうぶつ》でも飛《と》び出《だ》してきたの!?」

健太《けんた》と美希《みき》が目《め》を白黒《しろくろ》させるなか、尾狩刑事《おかるけいじ》は車《くるま》を路肩《ろかた》に止《と》めると、こわばった表情《ひょうじょう》で美《み》希《き》にたずねた。

「美希《みき》さん、今《いま》のお話《はなし》、本当《ほんとう》でありますか!?」

「えっ、いや、まあ、ネットに書《か》いてあった情報《じょうほう》だけど……」

美希《みき》はとまどいながら答《こた》える。

**「わたくしが調《しら》べたところでは、アリスをはじめ行方不明《ゆくえふめい》になった子《こ》どもたちは、みな古賀暮山《こがくれやま》に行《い》き、そこから消息《しょうそく》が途絶《とだ》えてしまったことがわかったんです」**

尾狩刑事《おかるけいじ》は不安《ふあん》に駆《か》られ、思《おも》わず車《くるま》を止《と》めてしまったらしい。

そんな尾狩刑事《おかるけいじ》を慰《なぐさ》めるように、真実《しんじつ》は言《い》った。

「心配《しんぱい》する必要《ひつよう》はありません。アリスさんは、すべてのナゾを解《と》いた先《さき》にある『きさらぎ駅《えき》』にたどり着《つ》いています。つまり、そこまでは無事《ぶじ》だったという証拠《しょうこ》です」

しかし、尾狩刑事《おかるけいじ》は、なおも暗《くら》い表情《ひょうじょう》でつぶやいた。

「実《じつ》は……巨人《きょじん》がこの地球上《ちきゅうじょう》に実在《じつざい》していたという話《はなし》があるんです。世界各地《せかいかくち》で巨人《きょじん》の骨《ほね》が発見《はっけん》されているらしくて……」

「えっ、巨人《きょじん》の骨《ほね》!?」

健太《けんた》は目《め》を丸《まる》くする。

「ずいぶん前《まえ》の話《はなし》ですが、アメリカの大手新聞《おおてしんぶん》が、ある湖《みずうみ》の底《そこ》から身長《しんちょう》3メートルほどの巨《きょ》人《じん》の骨《ほね》が見《み》つかったと報《ほう》じたことがあったといいます。記事《きじ》によると、発見《はっけん》された巨人《きょじん》の頭《ず》蓋骨《がいこつ》には歯《は》が２列《れつ》に生《は》えていて、手足《てあし》の指《ゆび》が６本《ぽん》あったとか」

「ええっ!?」

「ヨーロッパで、とてつもない大《おお》きさの人骨《じんこつ》が発見《はっけん》されたという話《はなし》もあります。またアフリカ南部《なんぶ》のある国《くに》では、長《なが》さ１・２メートルの巨人《きょじん》の足跡《あしあと》が発掘《はっくつ》されたとか。足跡《あしあと》から推定《すいてい》される身長《しんちょう》は、約《やく》７・５メートル――」

「７・５メートル!?」

健太《けんた》は驚《おどろ》きのあまり、倒《たお》れそうになった。

（古賀暮山《こがくれやま》のダイダラボッチも、もしかしたら本物《ほんもの》の巨人《きょじん》なのかもしれない……）

健太《けんた》は、行方不明《ゆくえふめい》になったアリスや子《こ》どもたちのことが心配《しんぱい》になりはじめた。

花森町《はなもりちょう》を出発《しゅっぱつ》して２時間《じかん》、一行《いっこう》は古賀暮山《こがくれやま》の登山口《とざんぐち》に到着《とうちゃく》した。

『小望月《こもちづき》の夜《よる》。卯《う》の刻《こく》。子隠《こがく》れの聖《せい》なる山《やま》に、大《おお》いなる神《かみ》の足音《あしおと》ひびく』

予言《よげん》の書《しょ》に記《しる》された「小望月《こもちづき》」の月《つき》が出《で》るのは、明日《あす》だ。

「卯《う》の刻《こく》」は、午前《ごぜん》5時《じ》から7時《じ》の間《あいだ》の時間《じかん》をさす。

一行《いっこう》は古賀暮山《こがくれやま》の頂上付近《ちょうじょうふきん》にあるキャンプ場《じょう》に1泊《ぱく》し、早朝《そうちょう》の5時《じ》から7時《じ》の間《あいだ》に「大《おお》いなる神《かみ》の足音《あしおと》ひびく」という現象《げんしょう》が起《お》きるのを待《ま》とうと考《かんが》えていた。

尾狩刑事《おかるけいじ》は、車《くるま》を登山口《とざんぐち》の駐車場《ちゅうしゃじょう》に止《と》める。

ここから先《さき》は、徒歩《とほ》で山《やま》を登《のぼ》らなくてはならない。

「この道《みち》をまっすぐ北《きた》へ向《む》かえば、頂上《ちょうじょう》にたどり着《つ》くことができるのであります」

尾狩刑事《おかるけいじ》は、地図《ちず》を見《み》ながら言《い》った。

「今日《きょう》は方位磁針《ほういじしん》を持参《じさん》してきましたので、方向音痴《ほうこうおんち》のわたくしでも道《みち》に迷《まよ》うことはありません。みなさん、安心《あんしん》してわたくしについてきてください」

先頭《せんとう》に立《た》って歩《ある》きだした尾狩刑事《おかるけいじ》は、みんなの分《ぶん》の食料《しょくりょう》やテントなどたくさんの荷物《にもつ》を背負《せお》っている。重《おも》い荷物《にもつ》をものともせず、シャキシャキ歩《ある》く尾狩刑事《おかるけいじ》をたのもしく感《かん》じながら、健太《けんた》たちもあとに従《したが》い、歩《ある》きはじめた。

ところが、しばらくして——。

(あれ？　尾狩刑事《おかるけいじ》、どうしたんだろう？)

方位磁針《ほういじしん》とにらめっこしながら歩《ある》いていた尾狩刑事《おかるけいじ》が、突然《とつぜん》、道《みち》をそれ、崖《がけ》っぷちに向《む》かって歩《ある》きだしたのだ。

**「危《あぶ》ない!!」**

健太《けんた》が叫《さけ》んだときはすでに遅《おそ》く、尾狩刑事《おかるけいじ》は足《あし》を踏《ふ》み外《はず》し、崖《がけ》から転落《てんらく》しかけていた。

そのとき、前《まえ》を歩《ある》いていたひとりの登山客《とざんきゃく》が、とっさに気《き》づいて尾狩刑事《おかるけいじ》の手《て》をつかむ。

**がっし!!!**

登山客《とざんきゃく》は、尾狩刑事《おかるけいじ》を崖《がけ》の上《うえ》に引《ひ》きあげると、こう注意《ちゅうい》した。

**「ちゃんと前《まえ》を見《み》て歩《ある》かないと危《あぶ》ないぞ!」**

その顔《かお》を見《み》て、健太《けんた》は驚《おどろ》く。

**「ハマセ……浜田先生《はまだせんせい》!?」**

尾狩刑事《おかるけいじ》を助《たす》けたのは、なんとハマセンだったのだ。

ハマセンこと浜田典夫先生《はまだのりおせんせい》は、花森小学校《はなもりしょうがっこう》の６年《ねん》の学年主任《がくねんしゅにん》。最近《さいきん》、ソロキャンプにハマっていて、週末《しゅうまつ》はあちこちの山《やま》へキャンプに出《で》かけているらしい。

「この古賀暮山《こがくれやま》は、ゼロ磁場《じば》といってな、理由《りゆう》は知《し》らんが、方位磁針《ほういじしん》が使《つか》えなくなる場所《ばしょ》らしいんだ」

「すみません。そうとは知《し》らず、わたくしは方位磁針《ほういじしん》だけを見《み》て歩《ある》いていました。ご迷惑《めいわく》をおかけして、誠《まこと》に恐縮《きょうしゅく》であります」

尾狩刑事《おかるけいじ》はハマセンに深々《ふかぶか》と頭《あたま》を下《さ》げ、ていねいにお礼《れい》を言《い》った。

ハマセンは面食《めんく》らう。

「いや、まあ、あんたが無事《ぶじ》なら、それでいいんだけど……」

一方《いっぽう》、「ゼロ磁場《じば》」と聞《き》いて、健太《けんた》は目《め》を輝《かがや》かせた。

「ゼロ磁場《じば》って、ぼく、知《し》ってるよ！　オーラの写真《しゃしん》が撮《と》れたり、『気《き》』の力《ちから》で体《からだ》の調子《ちょうし》がよくなったりするパワースポットなんだよね!?」

「おお、宮下《みやした》、よく知《し》ってるな！　そう、ゼロ磁場《じば》は最強《さいきょう》のパワースポットって言《い》われてるんだ！　うわさどおり、効果《こうか》はバツグンだぞぉ〜！」

ハマセンはここ数日《すうじつ》、ギックリ腰《ごし》を患《わずら》っていたが、ゼロ磁場《じば》である古賀暮山《こがくれやま》に足《あし》を踏《ふ》み入《い》れたとたん、コロッと治《なお》ってしまったらしい。

「ほら、このとおり！」

スキップをしてみせるハマセンを見《み》て、美希《みき》は真実《しんじつ》にたずねた。

「ゼロ磁場《じば》のパワーでギックリ腰《ごし》が治《なお》るって、本当《ほんとう》かな？」

それが事実《じじつ》なら、美希《みき》は学校新聞《がっこうしんぶん》の記事《きじ》にしようと考《かんが》えたのだ。

しかし、真実《しんじつ》は淡々《たんたん》と答《こた》える。

「さあ、どうだろう。パワースポット自体《じたい》に科学的根拠《かがくてきこんきょ》はないからね」

頂上《ちょうじょう》への道々《みちみち》、尾狩刑事《おかるけいじ》はハマセンに、行方不明《ゆくえふめい》の妹《いもうと》・アリスのことを打《う》ち明《あ》けた。

「妹《いもうと》は、昔《むかし》から好奇心《こうきしん》が強《つよ》い子《こ》でありました。でも、まさか、こんなところにひとりで来《き》てしまうほど無鉄砲《むてっぽう》な子《こ》だったとは……」

つい、愚痴《ぐち》っぽい口調《くちょう》になってしまった尾狩刑事《おかるけいじ》に、ハマセンは明《あか》るい声《こえ》で言《い》う。

「妹《いもうと》さんは、冒険《ぼうけん》がしたかったんじゃないか」

「冒険《ぼうけん》……でありますか？」

「オレにも身《み》に覚《おぼ》えがある。ガキのころ、町外《まちはず》れの森《もり》へ探検《たんけん》に出《で》かけて、迷子《まいご》になっちまったんだ。さんざん迷《まよ》って、さんざん泣《な》いて、ようやく家《いえ》に帰《かえ》り着《つ》いたときは夜中《よなか》だった。親《おや》にはこっぴどく叱《しか》られたけど、ばあちゃんだけは『よくやった』って、頭《あたま》をなでてくれたんだ」

「えっ、おばあさんは、心配《しんぱい》をかけた浜田先生《はまだせんせい》のことを、褒《ほ》めてくれたのでありますか⁉」

「『人間《にんげん》は失敗《しっぱい》を繰《く》り返《かえ》し、大人《おとな》になっていく。失敗《しっぱい》を恐《おそ》れていたのでは、ろくな大人《おとな》になれない』ってのが、ばあちゃんの持論《じろん》でな。まあ、さすがに40すぎても失敗《しっぱい》ばかりしてると、小言《こごと》を言《い》われるけど」

ハマセンはそう言《い》って、「ガハハ」と笑《わら》う。

「あんたの妹《いもうと》さんも、失敗《しっぱい》を恐《おそ》れない勇敢《ゆうかん》な子《こ》だ。だから、きっと無事《ぶじ》でいるさ」

ハマセンの言葉《ことば》に、尾狩刑事《おかるけいじ》は少《すこ》しだけ元気《げんき》を取《と》り戻《もど》したようだった。

一行《いっこう》はキャンプ場《じょう》にたどり着《つ》いた。

キャンプ場《じょう》には、午前《ごぜん》8時《じ》から午後《ごご》4時《じ》まで開《あ》いている管理小屋《かんりごや》があった。キャンプに来《き》た人《ひと》たちに道案内《みちあんない》をしたり、薪《まき》などを売《う》ってくれる施設《しせつ》である。

「この子《こ》たちに見覚《みおぼ》えはありますでしょうか？」

尾狩刑事《おかるけいじ》は、管理人《かんりにん》をしている大学生《だいがくせい》ふうの男女《だんじょ》に、行方不明《ゆくえふめい》になったアリスや子《こ》どもたちの写真《しゃしん》を見《み》せながらたずねた。

「ああ、覚《おぼ》えてますよ。山《やま》に来《き》た日時《にちじ》はバラバラですが、子《こ》どもたちはなぜかみんな、その本《ほん》を持《も》ってました」

男性《だんせい》の管理人《かんりにん》が、真実《しんじつ》が手《て》にした予言《よげん》の書《しょ》を指《ゆび》さしながら答《こた》える。

すると、横《よこ》にいた女性《じょせい》の管理人《かんりにん》も口《くち》を開《ひら》いた。

「その本《ほん》、世界科学《せかいかがく》コンクールに入賞《にゅうしょう》した子《こ》どもだけに配《くば》られる特別《とくべつ》な本《ほん》だそうですね？どうりで……というか、みんな優秀《ゆうしゅう》そうな子《こ》どもたちばかりでした。……あの、その子《こ》たちの身《み》に何《なに》かあったんですか？」

「この子《こ》たちは……
全員《ぜんいん》、行方不明《ゆくえふめい》になってしまったんです」

尾狩刑事《おかるけいじ》が答《こた》えると、ふたりの管理人《かんりにん》は顔《かお》をこわばらせる。

「……そうですか」

「一応《いちおう》、ぼくたちも注意《ちゅうい》はしたんですよ。子《こ》どもだけで山《やま》に来《く》るのは危険《きけん》だって」

「そんなことになるんだったら、あのとき、もっと強《つよ》く言《い》ってればよかった……」

管理人《かんりにん》は後悔《こうかい》を口《くち》にする。

「いま思《おも》えば、気《き》がかりな点《てん》はいろいろありました。

特《とく》に、この子《こ》のことはよく覚《おぼ》えています」

女性《じょせい》の管理人《かんりにん》が指《ゆび》さしたのは、アリスの写真《しゃしん》だった。

「この子《こ》は、先《さき》に山《やま》に来《き》た子《こ》どもたちのことを、わたしにたずねてきたんですよ。わたしが『山《やま》に来《き》たのは確《たし》かだけど、その後《ご》、どこへ行《い》ったかはわからない』って答《こた》えると、急《きゅう》に思《おも》いつめたような表情《ひょうじょう》になって……」

管理人《かんりにん》は、そんなアリスを見《み》て、心配《しんぱい》になったという。

ちょうど小屋《こや》を閉《し》める時間《じかん》だったので「一緒《いっしょ》に山《やま》を下《お》りよう」と声《こえ》をかけたが、アリスはきっぱりとした口調《くちょう》で、こう答《こた》えたらしい。

「ごめんなさい。先《さき》に行《い》った仲間《なかま》を助《たす》けなきゃならないんです」

アリスはそれだけ言《い》うと、どこかへ走《はし》り去《さ》ってしまったと、管理人《かんりにん》は重《おも》い口調《くちょう》で言《い》った。

「予言《よげん》の書《しょ》は、世界科学《せかいかがく》コンクールの入賞者《にゅうしょうしゃ》に配《くば》られていたんですね。どうやらアリスさんは、単《たん》なる謎解《なぞと》きの好奇心《こうきしん》ではなく、その仲間《なかま》を捜《さが》すために、この山《やま》に来《き》たようだ」

真実《しんじつ》の言葉《ことば》に、尾狩刑事《おかるけいじ》はしんみりしながら、うなずく。

「アリスは仲間思《なかまおも》いの、勇敢《ゆうかん》な子《こ》だったんですね。わたくしは妹《いもうと》を誇《ほこ》らしく思《おも》います。でも……だとすると、よけい無茶《むちゃ》をするのではないかと心配《しんぱい》で……」

再《ふたた》び落《お》ち込《こ》んでしまった尾狩刑事《おかるけいじ》を、健太《けんた》と美希《みき》は不安《ふあん》げに見《み》つめた。

その視線《しせん》に気《き》づいて、尾狩刑事《おかるけいじ》はハッとする。

「いけません。クヨクヨしてる場合《ばあい》じゃなかったですね。暗《くら》くならないうちに、テントを設営《せつえい》して、みなさんの夕食《ゆうしょく》を用意《ようい》しなければっ！」

尾狩刑事《おかるけいじ》はテントを取《と》り出《だ》そうと、荷物《にもつ》を引《ひ》き寄《よ》せた。だが、その瞬間《しゅんかん》――。

「**わわっ、大変《たいへん》であります！**」

リュックの上《うえ》にくくりつけた、荷物《にもつ》のひとつがなくなっていることに気《き》づいたのだ。

「崖《がけ》から落《お》ちそうになったとき、木《き》か何《なに》かに引《ひ》っかけて落《お》としてしまったのかもしれません。……どうしましょう。あの荷物《にもつ》の中《なか》には、テントと人数分《にんずうぶん》の食料《しょくりょう》が入《はい》ってて……」

(えっ、じゃあ、今夜《こんや》は夕飯抜《ゆうはんぬ》きで、野宿《のじゅく》ってこと!?)

健太《けんた》はショックを受《う》ける。しかし、ドンヨリとなった尾狩刑事《おかるけいじ》を前《まえ》にして、とてもそのことを口《くち》に出《だ》しては言《い》えなかった。

すると、そこに――。

「**大漁《たいりょう》だぁ――っ!!**」

近《ちか》くの川《かわ》に釣《つ》りに行《い》っていたハマセンが、なんと体長《たいちょう》1メートルもの巨大《きょだい》ナマズを釣《つ》ってきたのだ。

**「うわあ、すごい！」**

健太《けんた》は目《め》を輝《かがや》かせる。

「浜田先生《はまだせんせい》、さすがであります！」

落《お》ち込《こ》んでいた尾狩刑事《おかるけいじ》も、思《おも》わず顔《かお》をほころばせた。

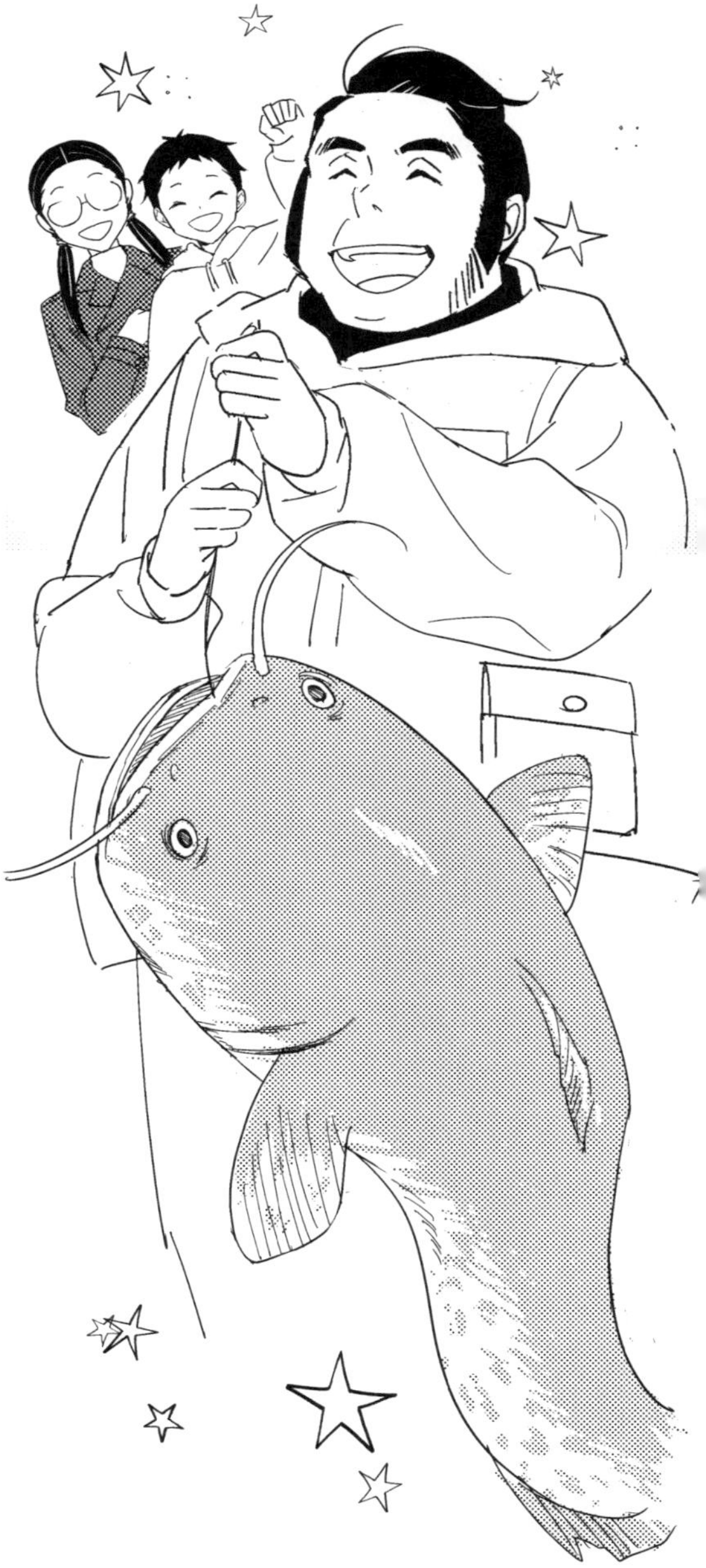

「それ、食《た》べられるんですか？」

美希《みき》はおそるおそるたずねたが、「おうよ！」と、ハマセンは胸《むね》を張《は》って答《こた》える。

「ナマズは唐揚《からあ》げにすると、うまいんだ！」

ハマセンは尾狩刑事《おかるけいじ》に手伝《てつだ》ってもらい、巨大《きょだい》ナマズをさばいて、山盛《やまも》りの唐揚《からあ》げを作《つく》った。

「そら、みんな、熱《あつ》いうちに食《く》え！」

ハマセンが促《うなが》す。

ためらいながら箸《はし》を伸《の》ばした美希《みき》は、一口《ひとくち》食《た》べて言《い》った。

「意外《いがい》とおいしい！」

「うん、うなぎみたいな味《あじ》だね！」

腹《はら》ぺこだった健太《けんた》は、箸《はし》が止《と》まらなくなる。

ハマセンのおかげで、一同《いちどう》はおなかいっぱいの食事《しょくじ》にありつくことができたのだった。

「あの……すみません。テントを無《な》くしてしまったので、子《こ》どもたちだけでも浜田先生《はまだせんせい》のテントに泊《と》めていただけないでしょうか？」

食事《しょくじ》が終《お》わると、尾狩刑事《おかるけいじ》はハマセンに頼《たの》んだ。

「おお、いいとも。……ていうか、テントを無《な》くしたんなら、あんたらがオレのテントを使《つか》えばいい。オレは野宿《のじゅく》でも平気《へいき》だから」

ハマセンはそう言《い》って、ひとつしかない自分《じぶん》のテントを尾狩刑事《おかるけいじ》にポンと差《さ》し出《だ》した。

「ありがとうございます。重《かさ》ねがさね恐縮《きょうしゅく》であります」

しかし、組《く》み立《た》ててみると、ハマセンのテントはひとり用《よう》で、とても小《ちい》さかった。

「これじゃ、4人《にん》はムリだね」

「誰《だれ》がテントに寝《ね》るかは、ジャンケンで決《き》める？」

美希《みき》と健太《けんた》が不安《ふあん》げな表情《ひょうじょう》でささやき合《あ》っていると、ハマセンは笑《わら》いながら言《い》った。

「なーに、テントぐらい、長《なが》めの枝《えだ》が数本《すうほん》あれば作《つく》れるさ」

ハマセンはみんなに手伝《てつだ》わせて、林《はやし》の中《なか》から、2メートルぐらいの長《なが》さの木《き》の枝《えだ》を8本《ぼん》拾《ひろ》ってきた。キャンプ場《じょう》に生《は》えた小《こ》ぶりな木《き》を見《み》つけると、その周囲《しゅうい》に円《えん》を描《えが》くように枝《えだ》を立《た》てかけていく。そして、枝《えだ》の上部《じょうぶ》をひもで木《き》に結《むす》びつけ、すきまを短《みじか》い枝《えだ》で補強《ほきょう》していった。

「これで骨組《ほねぐ》みはバッチリさ。ここにレジャーシートとか、雨具《あまぐ》のポンチョとかをかぶせれば、立派《りっぱ》なテントになる」

ハマセンは、みんなから集《あつ》めたレジャーシートを枝《えだ》にかぶせる。

すると、即席《そくせき》のテントができあがった。

## 即席《そくせき》テントの作《つく》り方《かた》

家《いえ》から持《も》っていくもの　・ひも 1本《ぽん》(1mぐらい)　・はさみ　・レジャーシート

**1** 柱《はしら》にできる木《き》や棒《ぼう》がある平《たい》らな場所《ばしょ》を探《さが》し、周囲《しゅうい》の雑草《ざっそう》や石《いし》、ごみを取《と》り除《のぞ》く

材《ざい》料《りょう》
- 柱《はしら》となる木《き》
- 長《なが》い木《き》の枝《えだ》 8本《ぽん》(1～2mぐらい)
- 短《みじか》い木《き》の枝《えだ》 40本《ぽん》ぐらい
- 枯《か》れ葉《は》、大《おお》きな葉《は》っぱ、花《はな》、布切《ぬのき》れなど

**2** 柱《はしら》の周《まわ》りに長《なが》い木《き》の枝《えだ》を円《えん》を描《えが》くように、立《た》てかけてひもで結《むす》ぶ

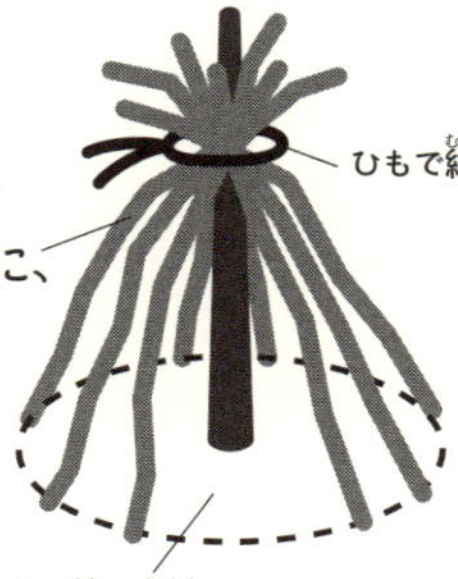


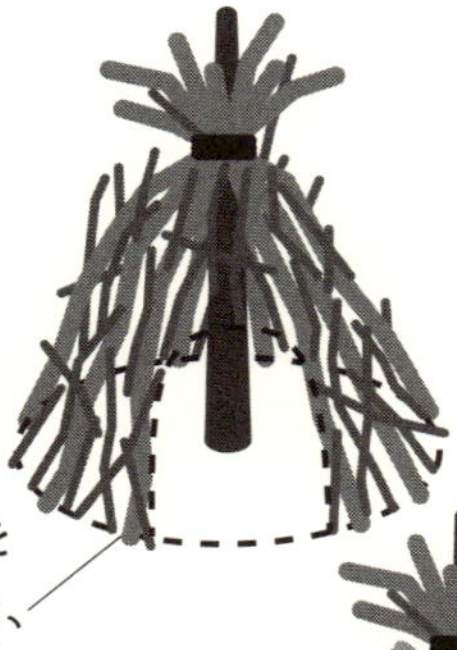

**3** 短《みじか》い木《き》の枝《えだ》を立《た》てかけたり、水平《すいへい》に編《あ》み込《こ》んだりしてからレジャーシート、枯《か》れ葉《は》、大《おお》きな葉《は》っぱ、花《はな》、布切《ぬのき》れなどをのせる

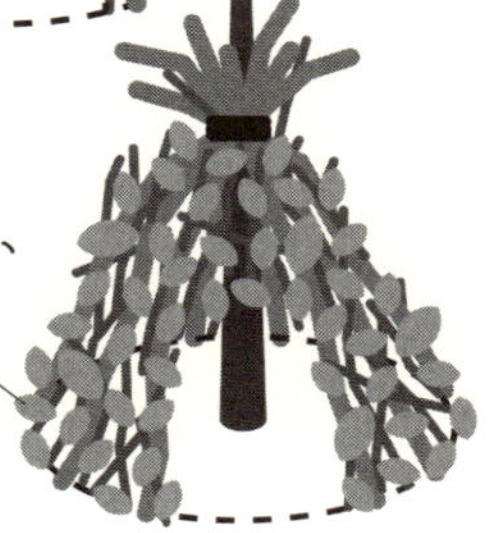

「わあ、すごい！　冒険家《ぼうけんか》のおうちみたい！」

大《おお》はしゃぎする健太《けんた》に、ハマセンは言《い》う。

「レジャーシートも何《なに》もないときは、葉《は》っぱをかぶせればいい。工夫《くふう》ひとつで雨《あめ》つゆをしのぐ家《いえ》ぐらい、簡単《かんたん》に作《つく》り出《だ》せるのさ」

「浜田先生《はまだせんせい》って、たくましいんですね」

尾狩刑事《おかるけいじ》は感心《かんしん》する。

「そうだね。文明《ぶんめい》が崩壊《ほうかい》しても、浜田先生《はまだせんせい》なら生《い》きていけそう」

美希《みき》が言《い》うと、「もちろんだ！」とハマセンは答《こた》え、大笑《おおわら》いするのだった。

ハマセンが持《も》ってきた本物《ほんもの》のテントはサイズが小《ちい》さかったので、尾狩刑事《おかるけいじ》と美希《みき》のふたりで使《つか》うことになった。そして、木《き》の枝《えだ》で作《つく》ったテントのほうには、真実《しんじつ》、健太《けんた》、ハマセンが川《かわ》の字《じ》で寝《ね》ることになった。

木《き》の枝《えだ》のテントの中《なか》、真実《しんじつ》は耳栓《みみせん》をして、スヤスヤと眠《ねむ》りにつく。

しかし、健太《けんた》は、ハマセンのイビキがうるさくて、なかなか寝《ね》つけなかった。

ようやく眠《ねむ》りについたと思《おも》ったら、明《あ》け方近《がたちか》く、あまりの寒《さむ》さで目《め》が覚《さ》める。

時刻《じこく》は午前《ごぜん》4時《じ》――卯《う》の刻《こく》まで、あと1時間《じかん》だった。

テントの外《そと》に出《で》てみると、あたりは真《ま》っ暗《くら》だ。

しかし、真実《しんじつ》をはじめ、ほかのみんなは、すでに起《お》き出《だ》していた。

尾狩刑事《おかるけいじ》は「パトロール」と称《しょう》して、落《お》ち着《つ》きなくあたりを歩《ある》き回《まわ》っている。

美希《みき》はテントの前《まえ》で、ガタガタと震《ふる》えていた。

「寒《さむ》くて、とてもじゃないけど、寝《ね》てられなくて……」

「うん、ぼくもだよ。それにダイダラボッチが現《あらわ》れるかもと思《おも》うと、気《き》が気《き》じゃないし」

「健太《けんた》くん、実《じつ》はさっきネットを検索《けんさく》していたら、骨《ほね》だけじゃなくて世界各地《せかいかくち》で巨人《きょじん》そのものが目撃《もくげき》されてることがわかったの」

「えっ、ほんとに!?」

「ほら、この動画《どうが》を見《み》て。台湾《たいわん》に、半透明《はんとうめい》の巨人《きょじん》が現《あらわ》れたって」

「半透明《はんとうめい》の巨人《きょじん》!? もしかして宇宙人《うちゅうじん》じゃない!?」

健太《けんた》と美希《みき》のやりとりを聞《き》いて、ハマセンは大笑《おおわら》いする。

「ガハハ、安心《あんしん》しろ。巨人《きょじん》だろうと、宇宙人《うちゅうじん》だろうと、オレがプロレスの技《わざ》でやっつけてやるさ」

ハマセンはゼロ磁場《じば》のパワーは信《しん》じていても、この山《やま》に伝《つた》わるダイダラボッチの伝説《でんせつ》は信《しん》じていないようだった。

「のどが渇《かわ》いたな。ちょっくら水《みず》を飲《の》みに行《い》ってくるわ」

のんきにそんなことをつぶやくと、その場《ば》を離《はな》れていく。

時刻《じこく》は午前《ごぜん》5時《じ》——予言《よげん》の書《しょ》に書《か》かれた「卯《う》の刻《こく》」になっていた。

尾狩刑事《おかるけいじ》は相変《あいか》わらずせわしなくあたりを歩《ある》き回《まわ》っていて、テントの前《まえ》には、健太《けんた》、美《み》希《き》、真実《しんじつ》の3人《にん》だけが残《のこ》っている。

**ガサッ!!**

近《ちか》くのやぶが大《おお》きく揺《ゆ》れたのは、そのときだった。

健太《けんた》は、思《おも》わず「ひっ！」と、叫《さけ》んで飛《と》びあがる。

「健太《けんた》くん、あれはシカだよ」

真実《しんじつ》に言《い》われて、よく見《み》ると、やぶから出《で》てきたのは、1頭《とう》の野生《やせい》のシカだった。

「はあ〜、なんだ、シカかあ……」

健太《けんた》はホッとしたが、恐怖《きょうふ》がおさまったわけではない。

巨人《きょじん》は、いつ現《あらわ》れるかわからなかった。


そのころ、ハマセンは山《やま》の頂上《ちょうじょう》に向《む》かおうとしていた。

古賀暮山《こがくれやま》の頂上《ちょうじょう》には、湧《わ》き水《みず》がある。その水《みず》は、ゼロ磁場《じば》のパワーが宿《やど》る天然水《てんねんすい》として、もてはやされていた。ハマセンは、どうしてもその水《みず》を飲《の》んでみたくなったのだ。

頂上《ちょうじょう》は、キャンプ場《じょう》からさほど遠《とお》くない。管理小屋《かんりごや》の脇《わき》の一本道《いっぽんみち》を登《のぼ》っていけば、たどり着《つ》くことができる。

ハマセンは懐中電灯《かいちゅうでんとう》で道《みち》を照《て》らしながら、山《やま》を登《のぼ》りはじめた。

道幅《みちはば》はけっこう広《ひろ》く、滑《すべ》り止《ど》めのためだろうか、道《みち》の表面《ひょうめん》には白《しろ》っぽい砂《すな》がまかれている。


「ウオオオオオ――――ッ!!!」

獣《けもの》の咆哮《ほうこう》のような恐《おそ》ろしい声《こえ》が聞《き》こえてきたのは、そのときだった。

「えっ、なんだ⁉」

ハマセンが、キョロキョロとあたりを見回《みまわ》していると――。

**ズシーン!!!**

すぐ右手《みぎて》で、地響《じひび》きのような音《おと》がして、砂《すな》が跳《は》ねあがった。

**「なんだこりゃ⁉　まさか……」**

それはまるで透明《とうめい》な巨人《きょじん》が、大《おお》きな足《あし》で大地《だいち》を踏《ふ》みつけたかのようだった。

恐怖《きょうふ》に駆《か》られたハマセンは、とっさに走《はし》って逃《に》げる。すると――。

**ズシーン!!!**

今度《こんど》は左手《ひだりて》で地響《じひび》きがして、砂《すな》が舞《ま》いあがった。

**「ひえええええええええっ!!!」**

ハマセンは、ただもう逃《に》げるしかなかった。

**ズシーン!!!　ズシーン!!!　ズシーン!!!**

見《み》えない巨人《きょじん》は足音《あしおと》を響《ひび》かせ、砂《すな》を巻《ま》きあげながら追《お》いかけてくる。

**「た、助《たす》けてくれえええぇ〜〜〜!!!」**

ハマセンは、泳《およ》ぐように手足《てあし》をバタつかせながら、山道《やまみち》を登《のぼ》り続《つづ》けた。

逃《に》げて、逃《に》げて、ようやく頂上《ちょうじょう》へとたどり着《つ》く。

すでに夜《よ》は明《あ》け、あたりは朝《あさ》もやに包《つつ》まれていた。

足音《あしおと》が聞《き》こえなくなり、ホッとしたのもつかの間《ま》――。

**「うわあああああっ!!」**

目《め》の前《まえ》の光景《こうけい》を見《み》て、ハマセンは思《おも》わず叫《さけ》んだ。

朝《あさ》もやの中《なか》に、身長《しんちょう》7メートルはあろうかと思《おも》われる、巨大《きょだい》な人影《ひとかげ》がたたずんでいたのだ。

あとずさりしようとしたが、足《あし》がもつれ、うしろに倒《たお》れる。

ハマセンは、そのまま、気《き》を失《うしな》ってしまったのだった。

そのころ、キャンプ場《じょう》にいた健太《けんた》たちも、騒然《そうぜん》となっていた。

テントのところに戻《もど》ってきた尾狩刑事《おかるけいじ》の姿《すがた》を見《み》るなり、健太《けんた》はこわばった顔《かお》で告《つ》げる。

「遠《とお》くからズシーン、ズシーンっていう足音《あしおと》が聞《き》こえてきたんです！　あれはきっと巨人《きょじん》の足音《あしおと》ですよ！　そのあと、ハマセンの叫《さけ》び声《ごえ》がっ……！」

「わたくしも、同《おな》じ音《おと》と叫《さけ》び声《ごえ》を耳《みみ》にしたのであります！　浜田先生《はまだせんせい》の身《み》に何《なに》か起《お》きたのかもしれません！」

一同《いちどう》はハマセンの姿《すがた》を捜《さが》し、キャンプ場《じょう》の中《なか》を走《はし》り回《まわ》った。

**「見《み》て！　巨人《きょじん》の足跡《あしあと》よ！」**

管理小屋《かんりごや》のところにやってきたとき、美希《みき》がすぐ横《よこ》にある道《みち》を指《ゆび》さし、叫《さけ》んだ。

白《しろ》い砂《すな》がまかれた道《みち》には、くっきりと、地面《じめん》に深《ふか》くめりこんだ足跡《あしあと》が残《のこ》されている。

その足跡《あしあと》は、長《なが》さ1メートルはあろうかと思《おも》われる巨大《きょだい》なものだった。

「巨人《きょじん》だ!!　本当《ほんとう》にいたんだ!!」

健太《けんた》は身震《みぶる》いした。

巨大《きょだい》な足跡《あしあと》は、山頂《さんちょう》に向《む》かって、右《みぎ》に左《ひだり》にと交互《こうご》に続《つづ》いている。

大《おお》きな足跡《あしあと》と足跡《あしあと》の間《あいだ》には、ハマセンのものと思《おも》われる人間《にんげん》の大人《おとな》のサイズの足跡《あしあと》も残《のこ》されていた。

「ハマセンは、ダイダラボッチに追《お》われて逃《に》げたんだ！　もしかしたら、今頃《いまごろ》は……ダイダラボッチに食《た》べられて……」

健太《けんた》は胸《むね》がつぶれそうになる。

「とりあえず足跡《あしあと》をたどってみよう。浜田先生《はまだせんせい》のところにたどり着《つ》けるかもしれない」

真実《しんじつ》の言葉《ことば》に、一同《いちどう》は勇気《ゆうき》を振《ふ》り絞《しぼ》り、足跡《あしあと》をたどりはじめた。

歩《ある》きながら健太《けんた》は、次第《しだい》に絶望的《ぜつぼうてき》な気持《きも》ちになっていく。

**「ハマセン……無事《ぶじ》でいるわけないよね？ いま思《おも》えば、けっこういい先生《せんせい》だったのになあ……」**

「ちょっと健太《けんた》くん！　縁起《えんぎ》でもないこと言《い》わないでよ！」

美希《みき》は憤慨《ふんがい》する。

「でも、これだけハッキリと足跡《あしあと》が残《のこ》されてるんだよ!?　１メートルもある足跡《あしあと》なんて、巨《きょ》人以外《じんいがい》の何《なん》だっていうの!?」

健太《けんた》がそう言《い》い返《かえ》すと、尾狩刑事《おかるけいじ》も暗《くら》い表情《ひょうじょう》でうなずいた。

「やはりこの山《やま》には、本物《ほんもの》の巨人《きょじん》がいるのかもしれません。アリスも、ほかの子《こ》どもたちも、浜田先生《はまだせんせい》も、今頃《いまごろ》は……」

尾狩刑事《おかるけいじ》は、込《こ》みあげてくる思《おも》いを抑《おさ》えきれなくなったようだ。

**「アリス!!」**

そう叫《さけ》びながら、駆《か》け出《だ》していく。

「尾狩刑事《おかるけいじ》、待《ま》って！」

健太《けんた》たちもあわててあとに続《つづ》いたが、尾狩刑事《おかるけいじ》の姿《すがた》は、またたく間《ま》に朝《あさ》もやの中《なか》に消《き》え、見《み》えなくなってしまった。

しばらくして――。

**「きゃあああっ!!!」**

「尾狩刑事《おかるけいじ》の声《こえ》だ!」

「何《なに》かあったのかな!?」

悲鳴《ひめい》が聞《き》こえてきたのは、山頂《さんちょう》のほうからだ。

健太《けんた》、美希《みき》、真実《しんじつ》は、必死《ひっし》で山道《やまみち》を駆《か》けあがった。

頂上《ちょうじょう》にたどり着《つ》くと、そこには、恐怖《きょうふ》で固《かた》まっている尾狩刑事《おかるけいじ》の姿《すがた》があった。

**「巨人《きょじん》は……**
**やはり本当《ほんとう》にいたのであります！」**

尾狩刑事《おかるけいじ》が指《ゆび》さしたところには、たしかに巨人《きょじん》らしき人影《ひとかげ》があった。
しかも、それは……1体《たい》ではなく、4体《たい》だった。

「うわああっ、巨人《きょじん》だ!!　しかも、4人《にん》!?」

健太《けんた》が叫《さけ》ぶと、少《すこ》し離《はな》れた場所《ばしょ》から、聞《き》き覚《おぼ》えのある声《こえ》がした。

「ひえええっ、さっき見《み》たときより数《かず》が増《ふ》えてる!!」

声《こえ》の主《ぬし》は、ハマセンだった。ようやく正気《しょうき》にかえったハマセンは、数《かず》が増《ふ》えた巨人《きょじん》を見《み》て、再《ふたた》び倒《たお》れそうになるほど驚《おどろ》いている。

☆本《ほん》の感想《かんそう》、似《に》顔《がお》絵《え》など、好《す》きなことを書《か》いてね！

ご感想《かんそう》を広告《こうこく》、書籍《しょせき》のPRに使用《しよう》させていただいてもよろしいでしょうか？

1．実名《じつめい》で可《か》　　2．匿名《とくめい》で可《か》　　3．不《ふ》可《か》

郵 便 は が き

おそれいりますが
切手をお貼り
下さい

104-8011

朝日新聞出版　生活・文化編集部
ジュニア部門　係

| | | | | | |
|---|---|---|---|---|---|
| お名前《なまえ》 | | | ペンネーム | ※本名《ほんみょう》でも可《か》 | |
| ご住所《じゅうしょ》 | 〒 | | | | |
| Eメール | | | | | |
| 学年《がくねん》 | 年《ねん》 | 年齢《ねんれい》 | 才《さい》 | 性別《せいべつ》 | |
| 好《す》きな本《ほん》 | | | | | |

※ご提供《ていきょう》いただいた情報《じょうほう》は、個人情報《こじんじょうほう》を含《ふく》まない統計的《とうけいてき》な資料《しりょう》の作成等《さくせいなど》に使用《しよう》いたします。その他《た》の利用《りよう》について詳《くわ》しくは、当社《とうしゃ》ホームページ https://publications.asahi.com/company/privacy/ をご覧下《らんくだ》さい。

「もうダメ……ぼくたち、みんな食《た》べられちゃうんだ……」

健太《けんた》はギュッと目《め》をつぶり、両手《りょうて》を合《あ》わせて祈《いの》った。

しばらくして、おそるおそる目《め》を開《あ》けてみたが、巨《きょ》人《じん》たちはその場《ば》にたたずんでいるだけで、襲《おそ》いかかってくるような気配《けはい》はなかった。

（えっ……襲《おそ》ってこない？　……ぼくたちを食《た》べる気《き》はないのかな？）

やはり、ダイダラボッチは優《やさ》しい妖怪《ようかい》で、国造《くにづく》りの神様《かみさま》なのかもしれない――。

そう思《おも》い直《なお》してよく見《み》ると、巨人《きょひと》たちの周《まわ》りには、虹色《にじいろ》に輝《かがや》く光《ひかり》の輪《わ》があった。

（ああ、なんか神々《こうごう》しい……）

恐怖《きょうふ》も忘《わす》れ、見入《みい》っているうちに、
健太《けんた》はこれと同《おな》じ光景《こうけい》を

以前《いぜん》、見《み》たことがあることに気《き》づいた。

それは、※花森小学校《はなもりしょうがっこう》の七不思議《ななふしぎ》を調《しら》べていたときのことだった。

健太《けんた》は旧校舎《きゅうこうしゃ》のプールで、似《に》たような巨人《きょじん》の影《かげ》を目《め》にしていたのだ。

「これって、もしかして……？」

健太《けんた》が問《と》いかけると、真実《しんじつ》はほほえみながら、うなずく。


**「……そう、ブロッケン現象《げんしょう》さ」**


ブロッケン現象《げんしょう》――それは霧《きり》に本人《ほんにん》の影《かげ》が映《うつ》り込《こ》み、まるで巨大《きょだい》な人物《じんぶつ》の影《かげ》のように見《み》える現象《げんしょう》のことだ。

有名《ゆうめい》なものには、アメリカ、カリフォルニア州《しゅう》のサンタ・ルシア山脈《さんみゃく》に現《あらわ》れる「ダークウォッチャー」がある。

朝夕《あさゆう》の山《やま》の頂上《ちょうじょう》に現《あらわ》れる巨大《きょだい》な人影《ひとかげ》を、人々《ひとびと》は「ダークウォッチャー」と呼《よ》び、何百年《なんびゃくねん》もの間恐《あいだおそ》れていた。しかし、科学《かがく》の進歩《しんぽ》により、「ブロッケン現象《げんしょう》」と呼《よ》ばれる単純《たんじゅん》な物理現《ぶつりげん》象《しょう》にすぎないことが明《あき》らかになったのだ。

※『科学探偵《かがくたんてい》 VS.《ブイエス》 学校《がっこう》の七不思議《ななふしぎ》』参照《さんしょう》。

「科学《かがく》で解《と》けないナゾはない。この山《やま》で起《お》きている怪奇現象《かいきげんしょう》は、すべて科学《かがく》で説明《せつめい》がつく」

真実《しんじつ》は、眼鏡《めがね》をクイッと人《ひと》さし指《ゆび》で持《も》ち上《あ》げた。

「古賀暮山《こがくれやま》は、もともと朝夕《あさゆう》のブロッケン現象《げんしょう》が起《お》きやすい山《やま》としても知《し》られている。ダイダラボッチの伝説《でんせつ》は、そういうところから生《う》まれたものなのだろう。神隠《かみかく》しのうわさは、この山《やま》では方位磁針《ほういじしん》が使《つか》えず、道《みち》に迷《まよ》う者《もの》が多《おお》いことから、ささやかれるようになったと推測《すいそく》できる」

「でも、謎野《なぞの》、オレは見《み》えない巨人《きょじん》に追《お》いかけられたんだぞ。何《なに》もない道《みち》に、ズシーン、ズシーンって足音《あしおと》が響《ひび》いて、砂《すな》が舞《ま》いあがったんだ。この現象《げんしょう》は、科学《かがく》じゃ説明《せつめい》がつかないだろう?」

ハマセンが言《い》うと、真実《しんじつ》はほほえみ、こう答《こた》えた。

「いいえ。その現象《げんしょう》も、よく調《しら》べればきっと科学《かがく》で説明《せつめい》がつきますよ」

真実《しんじつ》は巨人《きょじん》の足跡《あしあと》がつけられた道《みち》や、その周囲《しゅうい》を徹底的《てっていてき》に調《しら》べた。

見《み》ると、道《みち》のところどころに、釘《くぎ》で留《と》められた黒《くろ》いポリ袋《ぶくろ》の切《き》れ端《はし》が残《のこ》されている。さら

に、それぞれの足跡《あしあと》の近《ちか》くのやぶには、スピーカーが置《お》かれていた。

**「なるほど……そういうことか。ナゾはすべて解《と》けた」**

真実《しんじつ》は断言《だんげん》する。

**「ヒントは黒《くろ》いポリ袋《ぶくろ》の切《き》れ端《はし》と、**
**やぶに残《のこ》されたスピーカー、**
**そして、道《みち》に敷《し》かれたこのサラサラの砂《すな》だよ」**

白《しろ》い砂《すな》を手《て》ですくいながら、真実《しんじつ》は言《い》った。

「この砂《すな》を舞《ま》いあがらせたのは、目《め》には見《み》えない、ある力《ちから》によるものだ。それは……なんだと思《おも》う？」

# 解《かい》決《けつ》編《へん》

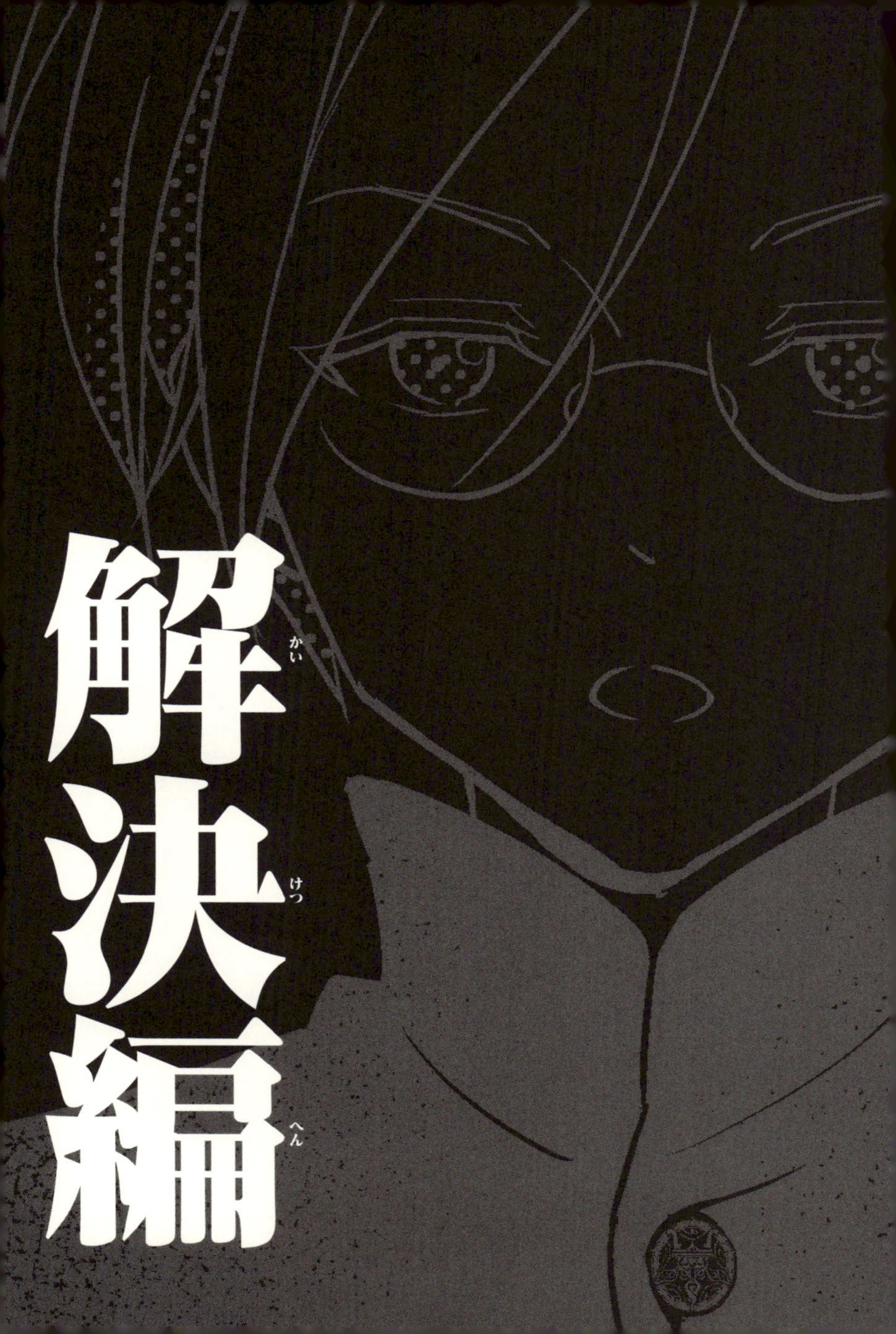

「これから、ある実験《じっけん》を行《おこな》おうと思《おも》います」

実験《じっけん》に必要《ひつよう》なものを調達《ちょうたつ》するため、一同《いちどう》はキャンプ場《じょう》まで山《やま》を下《お》りていく。

管理小屋《かんりごや》が開《あ》くのを待《ま》って、真実《しんじつ》がそこから借《か》りてきたのは、黒《くろ》いポリ袋《ぶくろ》と数本《すうほん》の釘《くぎ》、そして、メガホンだった。

「真実《しんじつ》くん、いったいどんな実験《じっけん》をするの？」

健太《けんた》が興味津々《きょうみしんしん》に見守《みまも》るなか、真実《しんじつ》はポリ袋《ぶくろ》を開《ひら》いてシート状《じょう》にし、巨人《きょじん》の足跡《あしあと》のひとつにかぶせた。シートをピンと張《は》った状態《じょうたい》にして、四隅《よすみ》に釘《くぎ》を打《う》ち込《こ》み、固定《こてい》する。

それが終《お》わると、シートの上《うえ》に、道《みち》に敷《し》かれていたものと同《おな》じ白《しろ》い砂《すな》をかけた。すると、黒《くろ》いシートは白《しろ》い砂《すな》の下《した》に隠《かく》れ、道《みち》と同化《どうか》して見《み》えなくなる。

「浜田先生《はまだせんせい》、このメガホンを使《つか》って、思《おも》いっきり叫《さけ》んでみてください」

真実《しんじつ》はハマセンにメガホンを渡《わた》し、言《い》った。

「叫《さけ》ぶ言葉《ことば》はなんでもいいのか？」

「はい。なんでも」

ハマセンは息《いき》を吸《す》い込《こ》むと、「巨人《きょじん》だあ‼」と、メガホンに向《む》かって思《おも》いっきり声《こえ》を張《は》りあげた。

――すると、どうだろう？

黒《くろ》いシートの上《うえ》にある砂《すな》が、まるで声《こえ》に反応《はんのう》したかのように跳《は》ねあがったのだ。

**「あのときと同《おな》じだ！」**

ハマセンが叫《さけ》ぶ。

「そう。この砂《すな》は、浜田先生《はまだせんせい》の声《こえ》――すなわち『音《おと》』に反応《はんのう》したんです」

「なるほど……『音《おと》』は空気《くうき》の振動《しんどう》っていうもんな」

ハマセンは感心《かんしん》したように、うなずく。

**「このトリックを仕掛《しか》けた人物《じんぶつ》は、あらかじめ地面《じめん》に足跡《あしあと》の形《かたち》の穴《あな》を掘《ほ》り、その上《うえ》にポリ袋《ぶくろ》のシートを張《は》り、砂《すな》をかけておいた。浜田先生《はまだせんせい》が来《き》たタイミングを見計《みはか》らって、それぞれの足跡《あしあと》の近《ちか》くに取《と》りつけたスピーカーから、順番《じゅんばん》にズシーンという足音《あしおと》のような『音《おと》』を鳴《な》らしていったんです」**

その「音《おと》」が足跡《あしあと》の穴《あな》の中《なか》で響《ひび》き合《あ》い、シートを波《なみ》のように振動《しんどう》させて、上《うえ》の砂《すな》を舞《ま》いあがらせたのだと、真実《しんじつ》は解説《かいせつ》する。

## ダイダラボッチのトリック

1

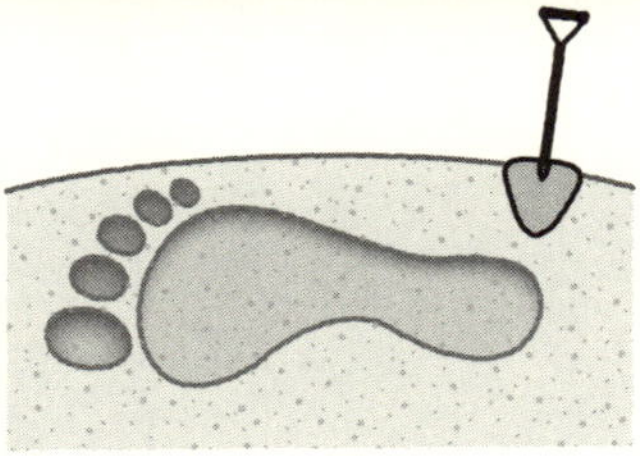

足《あし》の形《かたち》に
地面《じめん》を掘《ほ》る

2

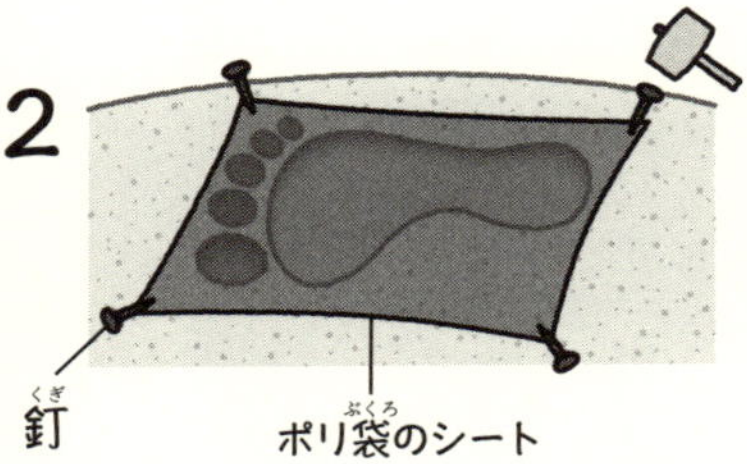


足形《あしがた》のくぼみの上《うえ》に
ポリ袋《ぶくろ》のシートをピンと張《は》り
釘《くぎ》で留《と》める

3

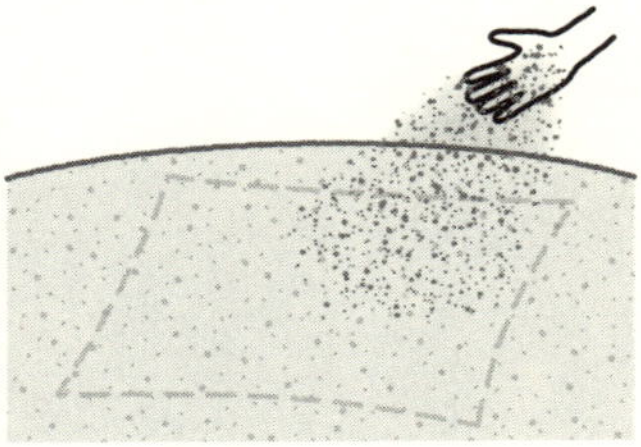

砂《すな》をまいて
シートを隠《かく》す

4

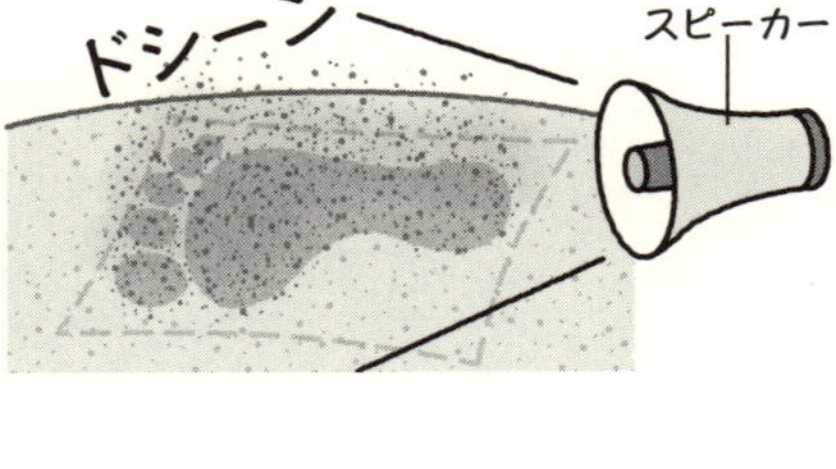


大《おお》きな音《おと》でくぼみの
中《なか》の空気《くうき》が振動《しんどう》し、
シートの上《うえ》の
砂《すな》が舞《ま》う

「……そうか。それで巨人《きょじん》が足音《あしおと》を響《ひび》かせながら、道《みち》を歩《ある》いているように見《み》えたんだな」

「仕掛《しか》け人《にん》は浜田先生《はまだせんせい》が頂上《ちょうじょう》に着《つ》いたあと、すぐにシートを取《と》り外《はず》した。そのため、掘《ほ》られた足跡《あしあと》の穴《あな》だけが道《みち》に残《のこ》ったんです。やぶに置《お》かれたスピーカーが残《のこ》ったままになっていたのは、単純《たんじゅん》に取《と》り外《はず》す時間《じかん》がなかったためでしょう」

「なるほど、そういう仕掛《しか》けだったのか。……しっかし、犯人《はんにん》はいったい何《なん》のためにこんなことをしたんだ⁉」

イタズラにしては手《て》がこみすぎていると、ハマセンは首《くび》をひねる。

「その理由《りゆう》は、ぼくたちも知《し》りたいです。予言《よげん》の書《しょ》のナゾをすべて解《と》き明《あ》かせば、答《こた》えは、いずれわかるかと――」

「……予言《よげん》の書《しょ》？」

真実《しんじつ》は予言《よげん》の書《しょ》を取《と》り出《だ》すと、絵《え》と数字《すうじ》が書《か》かれたページを開《ひら》く。「音《おと》」を表《あらわ》すスピーカーのイラストの下《した》にある数字《すうじ》を選《えら》び、「9」「7」と、空欄《くうらん》に書《か》き込《こ》ん

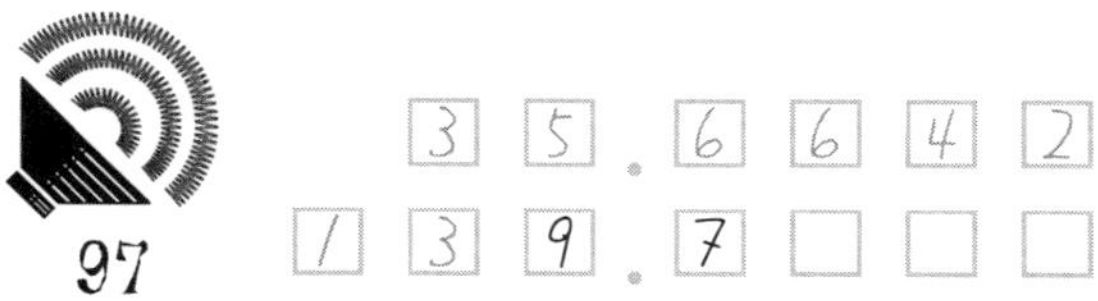

だ。

「これで『35664２　1397』という数字《すうじ》がそろった。残《のこ》るマス目《め》は、あと三《みっ》つ」

真実《しんじつ》の言葉《ことば》に、健太《けんた》、美希《みき》、尾狩刑事《おかるけいじ》はゴクリと息《いき》をのむ。

残《のこ》るマス目《め》は三《みっ》つ、そして、残《のこ》る予言《よげん》は、あとひとつだった。

『聖《せい》なる山《やま》の北西《ほくせい》に呪《のろ》われた村《むら》あり。

満月《まんげつ》の夜《よる》、怨霊《おんりょう》の声《こえ》を聞《き》きし者《もの》、永遠《えいえん》の亡者《もうじゃ》となる』

聖《せい》なる山《やま》の北西《ほくせい》にある呪《のろ》われた村《むら》――この場所《ばしょ》に行《い》ってナゾを解《と》き明《あ》かせば、すべての数《すう》字《じ》がそろう。

アリスのいる場所《ばしょ》に確実《かくじつ》に近《ちか》づいているという実感《じっかん》を、誰《だれ》もが感《かん》じたのだった。

「呪《のろ》われた村《むら》」を目指《めざ》すため、一同《いちどう》はとりあえず山《やま》を下《お》りる。

「いててっ……ううっ、腰《こし》がっ……！」

ハマセンは、山頂《さんちょう》で倒《たお》れた拍子《ひょうし》にギックリ腰《ごし》がぶり返《かえ》してしまったらしい。歩《ある》くのもやっという状態《じょうたい》で、ふもとにたどり着《つ》いたときは、息《いき》も絶《た》え絶《だ》えになっていた。

そんなハマセンを見《み》ながら、美希《みき》は残念《ざんねん》そうにつぶやく。

「やっぱり、ゼロ磁場《じば》の効果《こうか》は気《き》のせいだったみたいね」

尾狩刑事《おかるけいじ》はハマセンを車《くるま》で近《ちか》くのバス停《てい》まで送《おく》っていった。

「浜田先生《はまだせんせい》、ありがとうございました。ご恩《おん》は一生忘《いっしょうわす》れません」

「いや、いいってことよ。こっちこそ世話《せわ》になっちまったな。オレの教《おし》え子《ご》たちをよろしく頼《たの》む」

ハマセンは、照《て》れながら尾狩刑事《おかるけいじ》に言《い》い、こう続《つづ》けた。

**「あんたの妹《いもうと》さん、早《はや》く見《み》つかるといいな」**

その言葉《ことば》に、尾狩刑事《おかるけいじ》は涙《なみだ》ぐみながらも、笑顔《えがお》でうなずく。

一行《いっこう》はハマセンとバス停《てい》で別《わか》れ、次《つぎ》なる目的地《もくてきち》に向《む》けて出発《しゅっぱつ》したのだった。

# 2

SCIENCE TRICK DATA FILE

## 科学《かがく》トリック データファイル

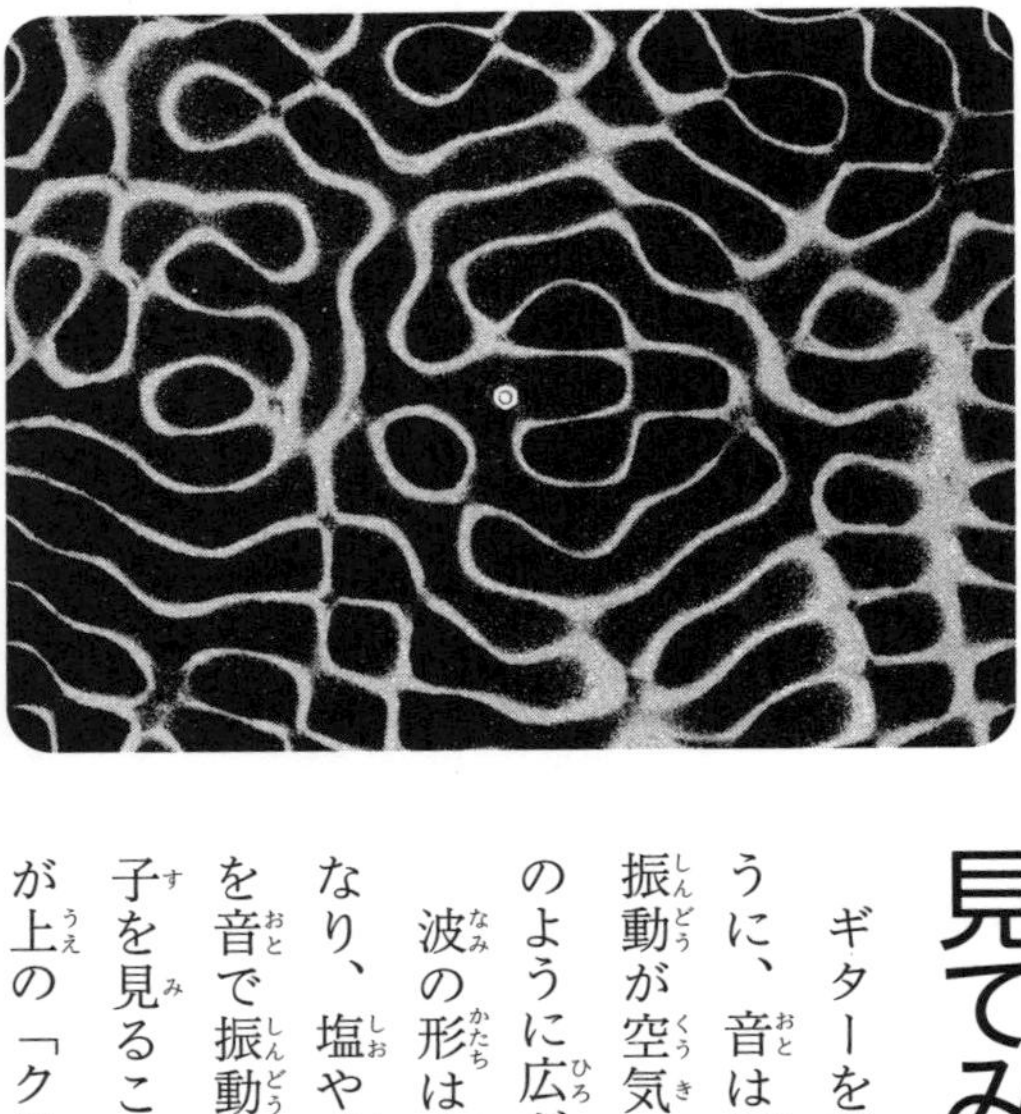

### 音《おと》の形《かたち》を見《み》てみよう!

ギターを弾《ひ》くと弦《げん》が震《ふる》えるように、音《おと》は振動《しんどう》で生《う》まれ、その振動《しんどう》が空気《くうき》やものに伝《つた》わり、波《なみ》のように広《ひろ》がっていきます。

波《なみ》の形《かたち》は音《おと》の高《たか》さによって異《こと》なり、塩《しお》や砂《すな》などをまいた平面《へいめん》を音《おと》で振動《しんどう》させるとその波《なみ》の様子《ようす》を見《み》ることができます。これが上《うえ》の「クラドニ図形《ずけい》」です。

## 声《こえ》でどんな模様《もよう》ができるかな？

### ①ポリ袋《ぶくろ》を張《は》る

ボウルに黒《くろ》いポリ袋《ぶくろ》をかぶせて引《ひ》っ張《ば》りながらテープで留《と》め、カッターなどで空気穴《くうきあな》を1カ所《しょ》開《あ》ける

### ②塩《しお》を振《ふ》る

ポリ袋《ぶくろ》の幕《まく》にまんべんなく塩《しお》をまく

### ③声《こえ》を出《だ》す

ボウルの近《ちか》くで長《なが》く大《おお》きな声《こえ》を出《だ》し、ポリ袋《ぶくろ》の幕《まく》を震《ふる》わせる

# 怨《おん》霊《りょう》たちの呪《のろ》い？

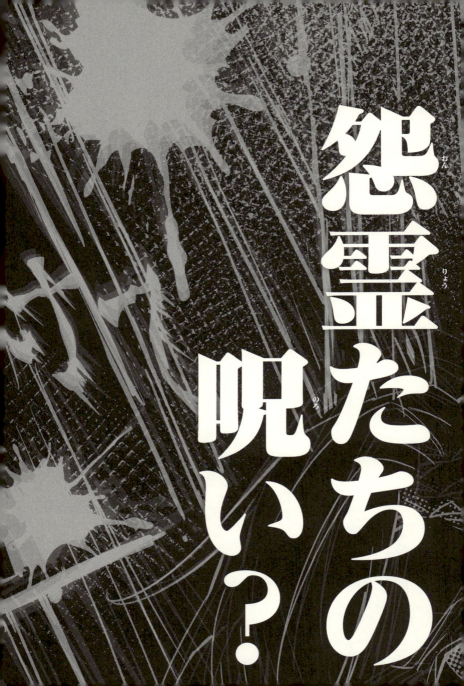

終末《しゅうまつ》の大《だい》予《よ》言《げん》［後編《こうへん》］3

# 恐《きょう》怖《ふ》の杉《すぎ》沢《さわ》村《むら》！

「今度《こんど》の予言《よげん》はどんなナゾなんだろう？」

真実《しんじつ》たちは尾狩刑事《おかるけいじ》の運転《うんてん》する車《くるま》で、最後《さいご》の予言《よげん》にある北西《ほくせい》に向《む》かい、町外《まちはず》れのコンビニで休憩《きゅうけい》を取《と》っていた。

健太《けんた》は次《つぎ》に起《お》きるであろう不可思議《ふかしぎ》事件《じけん》のことを思《おも》いながら、棚《たな》からペットボトルを取《と》った。

「予言《よげん》には『聖《せい》なる山《やま》の北西《ほくせい》に呪《のろ》われた村《むら》あり。満月《まんげつ》の夜《よる》、怨霊《おんりょう》の声《こえ》を聞《き》きし者《もの》、永遠《えいえん》の亡者《もうじゃ》となる』って書《か》いてあったよね」

それがどういう意味《いみ》かわからないが、恐《おそ》ろしいことだけは間違《まちが》いない。

「それでもナゾを解《と》かないといけません」

隣《となり》にいた尾狩刑事《おかるけいじ》が言《い》う。

そのナゾを解《と》くことによって、マス目《め》の数字《すうじ》がわかる。数字《すうじ》がわかれば、アリスがいるはずの「きさらぎ駅《えき》」に行《い》くことができるはずなのだ。

「ポエムのマスターご夫婦《ふうふ》も応援《おうえん》してくれています」

尾狩刑事《おかるけいじ》は、スマホの画面《がめん》を見《み》せた。

そこには、マスター夫婦《ふうふ》から届《とど》いた「がんばって!」というメッセージが表示《ひょうじ》されていた。

「そうだね。怖《こわ》がってる場合《ばあい》じゃないよね」

健太《けんた》の言葉《ことば》に、尾狩刑事《おかるけいじ》とその隣《となり》にいた真実《しんじつ》がうなずく。

「だけど、呪《のろ》われた村《むら》はいったいどこにあるんだろう」

健太《けんた》はつぶやく。今日《きょう》は満月《まんげつ》だ。だが、村《むら》の正確《せいかく》な位置《いち》まではまだわからなかった。

そこへ、美希《みき》がひとりのおばあさんを連《つ》れてやってきた。店内《てんない》にいた客《きゃく》のようだ。

「美希《みき》ちゃん、その人《ひと》は?」

「さっき、どこに行《い》くのって声《こえ》をかけてくれたの。それで『予言《よげん》の書《しょ》』の村《むら》のことを言《い》ったら、その場所《ばしょ》を知《し》ってるって言《い》って」

「えええっ??」

「どんな村《むら》なのでありますか?」

尾狩刑事《おかるけいじ》がたずねると、おばあさんはその村《むら》のことを話《はな》した。

**「ここから車《くるま》で10分《ぷん》ほど行《い》った場所《ばしょ》に山《やま》があるんだよ。**

**その山《やま》の奥深《おくふか》くに誰《だれ》も住《す》んでいない廃村《はいそん》がいくつかある。そのなかでひとつだけ、絶対《ぜったい》にたどり着《つ》くことができない廃村《はいそん》があるんだよ」**

「絶対《ぜったい》にたどり着《つ》けない？」

**「その村《むら》の名《な》は、――『杉沢村《すぎさわむら》』」**

「それって！」

声《こえ》をあげたのは、美希《みき》だ。

「村《むら》の人《ひと》たちが全員殺《ぜんいんころ》されたっていう、あの杉沢村《すぎさわむら》のこと？」

美希《みき》がそう言《い》うと、おばあさんは大《おお》きくうなずいた。

「そんな、ただの都市伝説《としでんせつ》だと思《おも》ってたけど……」

「そんな村《むら》が本当《ほんとう》にあるんだ……。ぼくたち今《いま》からそこに行《い》くってこと？」

おびえる美希《みき》の横《よこ》で、健太《けんた》もゾッとする。

しかし、行《い》くしかない。すべては、ナゾを解《と》きアリスを助《たす》けるためなのだと思《おも》い直《なお》した。

しばらくすると、真実《しんじつ》たちを乗《の》せた車《くるま》は細《ほそ》い山道《やまみち》を走《はし》っていた。杉沢村《すぎさわむら》はこの山道《やまみち》の先《さき》にあるらしい。

「杉沢村《すぎさわむら》にはいろんなうわさがあるんだよ」

美希《みき》は知《し》っている情報《じょうほう》をみんなに話《はな》した。

杉沢村《すぎさわむら》はかつて、一夜《いちや》にして住《す》んでいる人《ひと》たちが全員殺《ぜんいんころ》されるという事件《じけん》が起《お》きた。

それ以来《いらい》、村《むら》には誰《だれ》も住《す》まなくなり、廃村《はいそん》になったという。

「だけど、肝試《きもだめ》しに来《く》る人《ひと》たちもいたんだって」

村《むら》には血《ち》の痕《あと》が残《のこ》る家《いえ》などがあるらしい。それを見《み》ようと思《おも》ったのだろう。

**「だけど、その人《ひと》たちの何人《なんにん》かは、なぜか村《むら》から帰《かえ》ってこなかったの」**

まるで煙《けむり》のように消《き》えてしまったのだという。

いつしか、杉沢村《すぎさわむら》には「ここから先《さき》へ立《た》ち入《い》る者《もの》、命《いのち》の保証《ほしょう》はない」という看板《かんばん》が立《た》てられ、村《むら》の場所《ばしょ》は

地図《ちず》から消《け》されてしまったのだという。

「村《むら》から帰《かえ》ってこなかったっていうのは、『永遠《えいえん》の亡者《もうじゃ》』になったってこと？」

健太《けんた》は、予言《よげん》の書《しょ》に書《か》かれていた言葉《ことば》を思《おも》い出《だ》した。

「うわさが本当《ほんとう》なら、わたしたちも」

美希《みき》もごくりとつばをのみ込《こ》む。

そのとき、車《くるま》が少《すこ》し広《ひろ》い場所《ばしょ》で止《と》まった。

「みなさん、あれを見《み》てください」

運転《うんてん》していた尾狩刑事《おかるけいじ》は、山道《やまみち》の脇《わき》を指《ゆび》さす。

そこには、古《ふる》びた看板《かんばん》が立《た》っていた。


「杉沢村《すぎさわむら》は、この先《さき》の分《わ》かれ坂《ざか》を上《のぼ》った場所《ばしょ》にある」


看板《かんばん》にはそう書《か》かれていた。

「もうすぐ杉沢村《すぎさわむら》に着《つ》くんだね」

健太《けんた》の言葉《ことば》に、尾狩刑事《おかるけいじ》が「そうみたいですね」と答《こた》える。

一方《いっぽう》、真実《しんじつ》は看板《かんばん》をじっと見《み》つめていた。

「坂《さか》を上《のぼ》った場所《ばしょ》か……」

「とにかく行《い》ってみましょう」

尾狩刑事《おかるけいじ》は、車《くるま》を発進《はっしん》させ、山道《やまみち》をさらに進《すす》んでいった。

山道《やまみち》は上《のぼ》ったり下《くだ》ったりしながら、どんどん細《ほそ》くなっていく。

周《まわ》りは草木《くさき》が生《お》い茂《しげ》り、車《くるま》1台《だい》がやっと通《とお》れるぐらいの幅《はば》しかない。

「けっこう走《はし》ってるけど、まだ『分《わ》かれ坂《ざか》』はなさそうだね」

美希《みき》が前方《ぜんぽう》を見《み》ながら言《い》う。

「おばあさんは、絶対《ぜったい》にたどり着《つ》くことができないって言《い》ってたけど」

「あれってどういう意味《いみ》なのかな？」

美希《みき》と健太《けんた》は道路《どうろ》を見《み》ながら首《くび》をかしげていた。

急《きゅう》な下《くだ》り坂《ざか》を進《すす》んでいくと、道《みち》がふたつに分《わ》かれている場所《ばしょ》に出《で》た。

「あそこにまた看板《かんばん》があります」

尾狩刑事《おかるけいじ》が言《い》う。道《みち》が分《わ》かれている部分《ぶぶん》に先《さき》ほどと同《おな》じような古《ふる》びた看板《かんばん》が立《た》っていて、「分《わ》かれ坂《ざか》」と書《か》かれていたのだ。

真実《しんじつ》たちはふたつに分《わ》かれた道《みち》を見《み》る。ひとつは平《へい》たんな道《みち》だが、先《さき》が茂《しげ》みに覆《おお》われ、行《い》き止《ど》まりになっていた。

もうひとつの道《みち》は、上《のぼ》り坂《ざか》になっているようで、その先《さき》も道《みち》が続《つづ》いていた。

**「この坂《さか》を上《のぼ》ればいいんですね」**

「尾狩刑事《おかるけいじ》、行《い》ってみましょう！」

美希《みき》の言葉《ことば》にうなずき、尾狩刑事《おかるけいじ》は坂《さか》のほうへと車《くるま》を走《はし》らせた。

坂《さか》をしばらく走《はし》ると、また平《へい》たんな道《みち》に出《で》る。

木々《きぎ》がさらに生《お》い茂《しげ》り、道《みち》もどんどん細《ほそ》くなっていく。

「美希《みき》ちゃん、こっちで合《あ》ってるんだよね？」

「合《あ》ってるって。だって坂《さか》はさっきのところしかなかったもの」

そのとき、車《くるま》が少《すこ》し広《ひろ》い場所《ばしょ》に出《で》た。

分かれ坂

「杉沢村《すぎさわむら》に着《つ》いたのかも!?」

健太《けんた》たちは周《まわ》りを見《み》る。だがすぐに「えっ!?」と声《こえ》をあげた。

目《め》の前《まえ》に、「杉沢村《すぎさわむら》は、この先《さき》の分《わ》かれ坂《ざか》を上《のぼ》った場所《ばしょ》にある」と書《か》かれた古《ふる》びた看板《かんばん》が立《た》っていたのだ。

「ここは、さっきの場所《ばしょ》のようだね」

真実《しんじつ》は周《まわ》りを見《み》ながら言《い》う。

「戻《もど》ってきたということですか？　不可思議《ふかしぎ》であります！」

「どうして？　坂《さか》を上《のぼ》った先《さき》に杉沢村《すぎさわむら》があるんじゃないの？」

尾狩刑事《おかるけいじ》と美希《みき》は状況《じょうきょう》がよくわからないようだ。

「真実《しんじつ》くん、どうなってるの？　道《みち》に迷《まよ》ったのかな？」

「健太《けんた》くん、それはないはずだよ。分《わ》かれ坂《ざか》と書《か》かれた看板《かんばん》があったところ以外《いがい》は一本道《いっぽんみち》だったからね」

「もう一度《いちど》行《い》ってみましょう」

尾狩刑事《おかるけいじ》はとまどいながらも、再《ふたた》び車《くるま》を走《はし》らせた。

やがて、車《くるま》は分《わ》かれ坂《ざか》の看板《かんばん》のある場所《ばしょ》へやってきた。

「坂《さか》を上《のぼ》ってみます」

尾狩刑事《おかるけいじ》は、車《くるま》を走《はし》らせ坂《さか》を進《すす》んでいく。

「もしかしたら、茂《しげ》みの中《なか》に杉沢村《すぎさわむら》の入《い》り口《ぐち》があるのかも」

美希《みき》は窓《まど》から外《そと》を見《み》る。健太《けんた》も注意深《ちゅういぶか》く周《まわ》りを見《み》る。

だが、それらしいものは何《なに》もない。

車《くるま》は細《ほそ》い山道《やまみち》を抜《ぬ》け、少《すこ》し広《ひろ》い場所《ばしょ》に出《で》てきた。

しかしそこは、先《さき》ほどと同《おな》じ「杉沢村《すぎさわむら》は、この先《さき》の分《わ》かれ坂《ざか》を上《のぼ》った場所《ばしょ》にある」と書《か》かれた古《ふる》びた看板《かんばん》が立《た》っている場所《ばしょ》だった。

「そんな、また戻《もど》ってくるなんて」

「やっぱり村《むら》にたどり着《つ》けないってことなんだよ!」

健太《けんた》は、おばあさんの言《い》っていたことを思《おも》い出《だ》し、パニックになる。

そんななか、美希《みき》が車《くるま》のドアを開《あ》けた。

「看板《かんばん》の裏《うら》とかに何《なに》かヒントがあるのかも!」

そう言《い》って車《くるま》から出《で》て、看板《かんばん》を調《しら》べようとする。

と、つまずき、持《も》っていたペットボトルを落《お》としてしまった。

「あ、ちょっと！」

美希《みき》はあわてて拾《ひろ》おうとしたが、看板《かんばん》の近《ちか》くは緩《ゆる》やかな坂《さか》になっているようで、ペットボトルが転《ころ》がっていってしまう。

美希《みき》は走《はし》って、あわててペットボトルを拾《ひろ》った。

「**まったく～。気《き》づかなかったけど、ここも坂《さか》になってたんだね**」

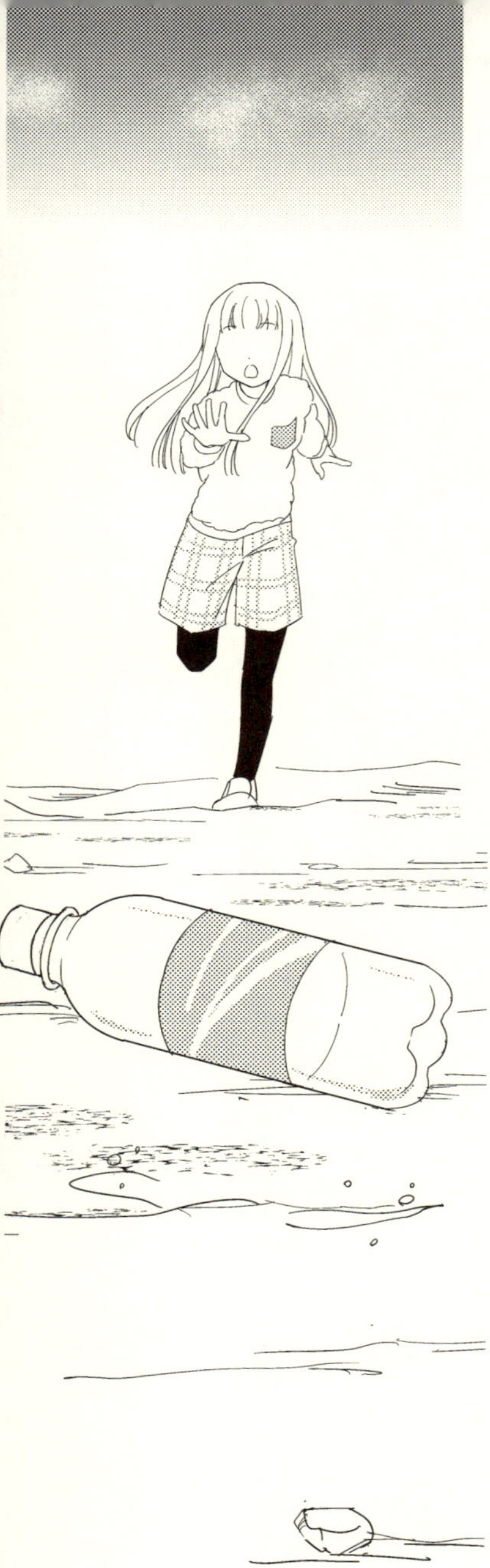

ペットボトルを取《と》って、美希《みき》はそう真実《しんじつ》たちに言《い》う。

「気《き》づかなかった?」

瞬間《しゅんかん》、真実《しんじつ》はハッとした。

「尾狩刑事《おかるけいじ》、もう一度《いちど》、分《わ》かれ坂《ざか》と書《か》かれた看板《かんばん》のところに行《い》ってください」

「どういうこと? 坂《さか》を上《のぼ》ってもまたここに戻《もど》ってきちゃうんだよ」

**「健太《けんた》くん、ぼくたちは、もしかしたら坂《さか》を上《のぼ》ったわけじゃないのかもしれない」**

「えええ??」

「とにかく分《わ》かれ坂《ざか》に行《い》けばわかるよ」

驚《おどろ》く健太《けんた》たちに、真実《しんじつ》はそう言《い》う。

尾狩刑事《おかるけいじ》も意味《いみ》がさっぱりわからないものの、真実《しんじつ》の指示《しじ》どおり、分《わ》かれ坂《ざか》まで車《くるま》を走《はし》らせることにした。

「車《くるま》を止《と》めてください」

しばらくして。真実《しんじつ》たちの乗《の》った車《くるま》は分《わ》かれ坂《ざか》にやってきた。

「ここからどうするんですか？」

「おそらく、看板《かんばん》には本当《ほんとう》のことが書《か》いてあるんです」

真実《しんじつ》は車《くるま》を降《お》りる。

「ねえ、どういうこと？　『杉沢村《すぎさわむら》は、この先《さき》の分《わ》かれ坂《ざか》を上《のぼ》った場所《ばしょ》にある』って書《か》いてあったけど、全然《ぜんぜん》、村《むら》にたどり着《つ》けないんだよ？」

健太《けんた》も車《くるま》から降《お》りると、真実《しんじつ》のそばに駆《か》け寄《よ》った。

「健太《けんた》くん、それを貸《か》してくれるかい？」

真実《しんじつ》は健太《けんた》の持《も》っているペットボトルを見《み》た。

「え、うん」

健太《けんた》はペットボトルを渡《わた》す。尾狩刑事《おかるけいじ》や美希《みき》も車《くるま》から降《お》りてきて真実《しんじつ》を見守《みまも》る。

「看板《かんばん》には『坂《さか》を上《のぼ》る』と書《か》いてあった。これを見《み》れば、この坂《さか》の本当《ほんとう》の姿《すがた》がわかるはずだ」

真実《しんじつ》は、ペットボトルを地面《じめん》に置《お》くと、そっと横《よこ》に倒《たお》した。

「何《なに》をしてるの？　って、ああ！」

健太《けんた》はそのペットボトルを見《み》て思《おも》わず叫《さけ》ぶ。

ペットボトルが道路《どうろ》を転《ころ》がる。だが驚《おどろ》いたことに、上《のぼ》り坂《ざか》を上《のぼ》っていくように見《み》えたのだ。

「どうなってるの⁇」

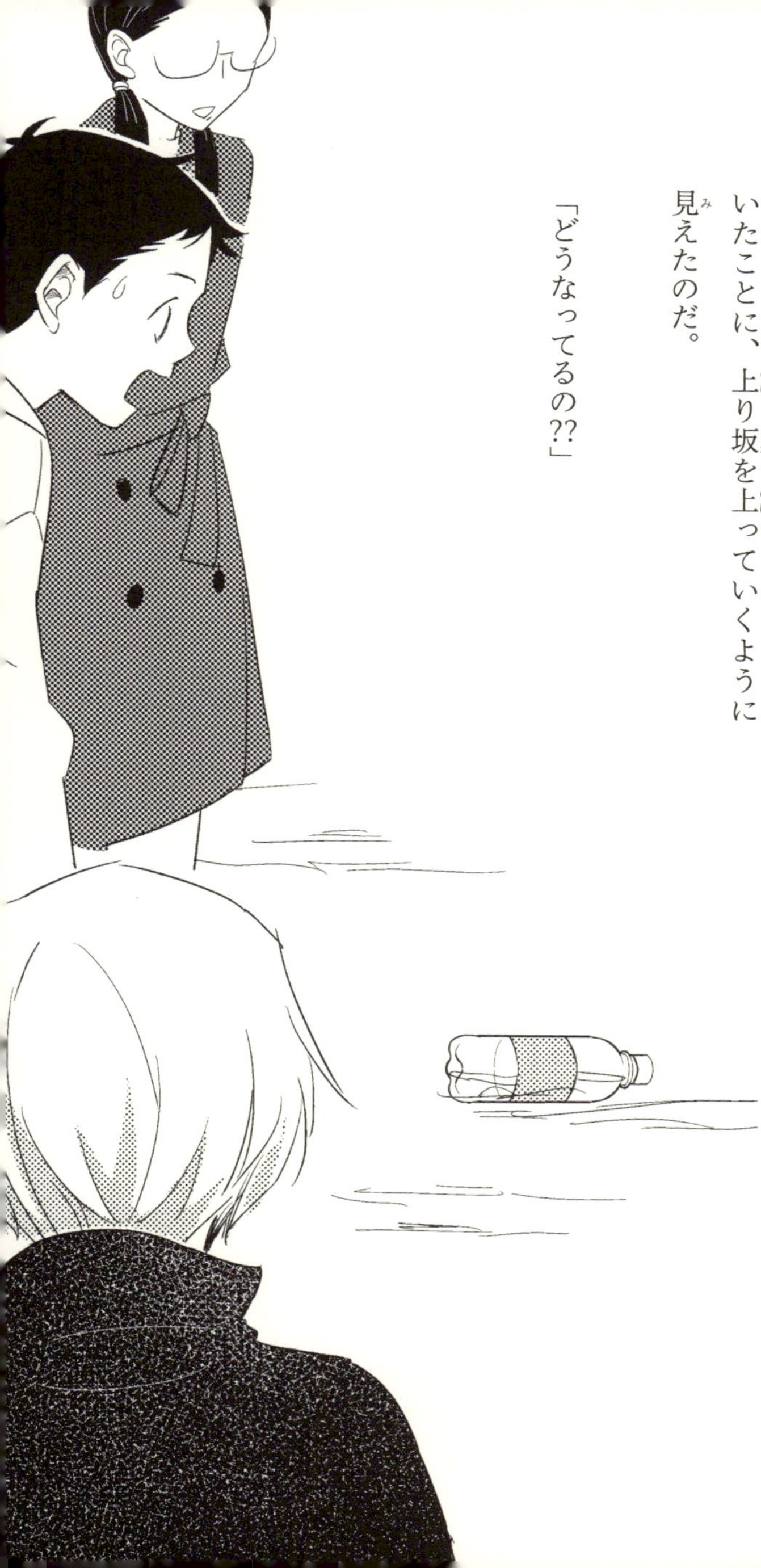

## 「この坂《さか》は、『おばけ坂《ざか》』になってたんだよ」

真実《しんじつ》は目《め》の前《まえ》の坂《さか》を見《み》ながら、その説明《せつめい》をした。

「おばけ坂《ざか》というのは、上《のぼ》り坂《ざか》に見《み》える下《くだ》り坂《ざか》や、下《くだ》り坂《ざか》に見《み》える上《のぼ》り坂《ざか》のことなんだ。これは『縦断勾配錯視《じゅうだんこうばいさくし》』という錯視《さくし》の一種《いっしゅ》、つまり目《め》の錯覚《さっかく》によるものなんだよ」

目《め》の前《まえ》にある坂《さか》は、角度《かくど》が違《ちが》うふたつの下《くだ》り坂《ざか》が続《つづ》いている。その結果《けっか》、看板《かんばん》のある分《わ》かれ道《みち》の場所《ばしょ》から見《み》たとき、下《くだ》っている坂《さか》が上《のぼ》っているように見《み》えたのだ。

「なるほど、そのせいで看板《かんばん》に書《か》かれたとおり『分《わ》かれ坂《ざか》を上《のぼ》った』つもりが、下《くだ》り坂《ざか》を選《えら》んでしまっていたんですね」

「あの看板《かんばん》が正《ただ》しいとしたら、おそらく、本当《ほんとう》の上《のぼ》り坂《ざか》はこっちです」

真実《しんじつ》は分《わ》かれている道《みち》のもう一方《いっぽう》を指《ゆび》さす。

「こっちって行《い》き止《ど》まりだけど」

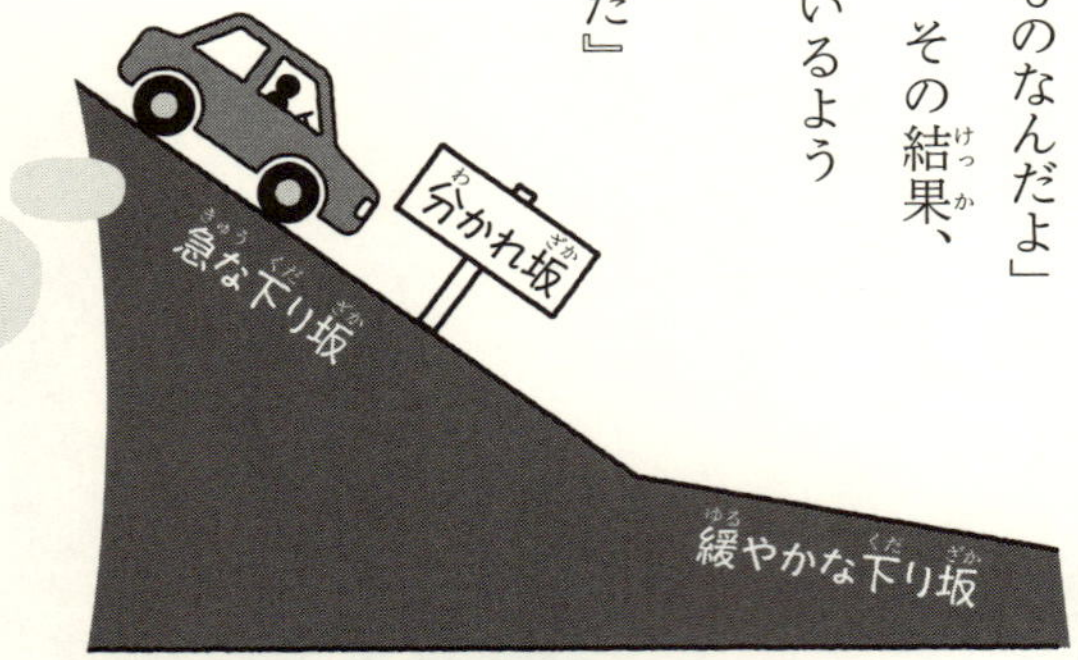


おばけ坂《ざか》のしくみ

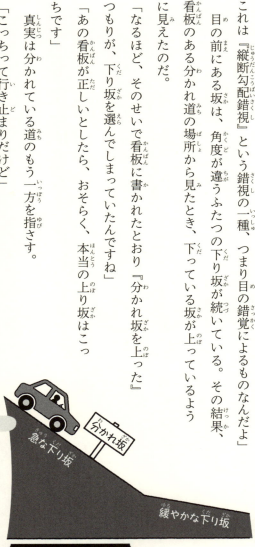

美希《みき》がその道《みち》を見《み》て首《くび》をかしげる。もう一方《いっぽう》の道《みち》の先《さき》は草木《くさき》に覆《おお》われていた。

「本当《ほんとう》に行《い》き止《ど》まりかどうかは車《くるま》を走《はし》らせればわかるはずだよ。尾狩刑事《おかるけいじ》、あの道《みち》を進《すす》んでもらえますか？」

「え、ええ、真実《しんじつ》さんがそう言《い》うのなら」

真実《しんじつ》たちは車《くるま》に乗《の》り込《こ》むと、行《い》き止《ど》まりに見《み》える道《みち》のほうへと車《くるま》を走《はし》らせた。

「大丈夫《だいじょうぶ》かな？」

健太《けんた》は不安《ふあん》そうに見《み》つめる。美希《みき》も尾狩刑事《おかるけいじ》も緊張《きんちょう》しているようだ。

やがて、車《くるま》は草木《くさき》に覆《おお》われている場所《ばしょ》に入《はい》った。車《くるま》に木々《きぎ》が当《あ》たるが、それでも前《まえ》に進《すす》む。

次《つぎ》の瞬間《しゅんかん》、目《め》の前《まえ》に光《ひかり》が差《さ》し込《こ》んだ。

草木《くさき》の茂《しげ》みを抜《ぬ》けると、道《みち》が続《つづ》いていたのだ。

「道《みち》があったんだ！」

「健太《けんた》くん、あそこ！」

美希《みき》は前方《ぜんぽう》を指《ゆび》さす。抜《ぬ》けた道《みち》の先《さき》に、カーブになった上《のぼ》り坂《ざか》が見《み》えていた。

「草木《くさき》に覆《おお》われていたせいで分《わ》かれ道《みち》からは見《み》えなかったようだね。あの坂《さか》を上《のぼ》れば、杉沢《すぎさわ》村《むら》があるはずだ」

「ついにたどり着《つ》けるんだね！」

健太《けんた》と美希《みき》は笑顔《えがお》で喜《よろこ》ぶ。

だが、坂《さか》を上《のぼ》り切《き》ると、その笑顔《えがお》は消《き》えてしまった。

細《ほそ》い山道《やまみち》の先《さき》に、小《ちい》さな村《むら》が見《み》える。だが、その村《むら》へと続《つづ》く入《い》り口《ぐち》に、ボロボロの看板《かんばん》が立《た》っていた。

その看板《かんばん》を見《み》て、健太《けんた》たちは喜《よろこ》んでいる場合《ばあい》ではないと気《き》づいたのだ。


「杉沢村《すぎさわむら》　ここから先《さき》へ立《た》ち入《い》る者《もの》、命《いのち》の保証《ほしょう》はない」


看板《かんばん》には消《き》えそうな文字《もじ》でそう書《か》かれていた。

「ここは、ほんとに村《むら》の人《ひと》が全員殺《ぜんいんころ》された場所《ばしょ》なんだね……」

健太《けんた》と美希《みき》は真剣《しんけん》な表情《ひょうじょう》で村《むら》を見《み》つめるのだった。

●

日《ひ》が暮《く》れ、夜《よる》になった。空《そら》には満月《まんげつ》が浮《う》かんでいる。

予言《よげん》が示《しめ》す「満月《まんげつ》の夜《よる》」だ。真実《しんじつ》たちは懐中電灯《かいちゅうでんとう》を持《も》って、村《むら》の中《なか》を歩《ある》いていた。

月明《つきあ》かりに照《て》らされているが、薄暗《うすぐら》く、地面《じめん》はぬかるんでいて、あちこち水《みず》たまりがある。建物《たてもの》はどれも古《ふる》びて壊《こわ》れていて、不気味《ぶきみ》な雰囲気《ふんいき》がただよっていた。

健太《けんた》は震《ふる》えながら、建物《たてもの》を見《み》ていく。

「なんか歩《ある》くだけで怖《こわ》いよね……」

村《むら》の周《まわ》りは木々《きぎ》に覆《おお》われ、異空間《いくうかん》にいるような気分《きぶん》になってくる。

「早《はや》くナゾを見《み》つけないと」

そう言《い》いながら、健太《けんた》はふと懐中電灯《かいちゅうでんとう》で家《いえ》の中《なか》を照《て》らした。

瞬間《しゅんかん》、女《おんな》の子《こ》の顔《かお》が光《ひかり》の中《なか》に浮《う》かび上《あ》がった。

「ひゃあ！」

「健太《けんた》くん、どうしたんだい⁇」

真実《しんじつ》たちは健太《けんた》のもとへ駆《か》け寄《よ》る。

「女《おんな》の子《こ》が！」

「女《おんな》の子《こ》!?　まさかアリスですか??」

尾狩刑事《おかるけいじ》は、家《いえ》の中《なか》を懐中電灯《かいちゅうでんとう》で照《て》らした。

そこには女《おんな》の子《こ》の顔《かお》があった。だが、それは棚《たな》の上《うえ》に置《お》かれたボロボロのフランス人形《にんぎょう》だ。

「も～、ただの人形《にんぎょう》だよ」

美希《みき》は健太《けんた》にあきれながら言《い》う。

「え、あ、ほんとだ。ついびっくりして」

「健太《けんた》さん、これを食《た》べてリラックスしてください」

尾狩刑事《おかるけいじ》は、ポケットから袋《ふくろ》を取《と》り出《だ》し、大《おお》きな金平糖《こんぺいとう》を渡《わた》した。

「わ、いつものより大《おお》きいですね」

「ここぞというときに取《と》っておいたジャンボ金平糖《こんぺいとう》であります」

尾狩刑事《おかるけいじ》は大《おお》きな金平糖《こんぺいとう》を一気《いっき》に三《みっ》つも食《た》べた。

「また虫歯《むしば》になっちゃうような気《き》がするけど」

健太《けんた》はその様子《ようす》にあきれながらも、金平糖《こんぺいとう》を口《くち》にし、少《すこ》しだけ落《お》ち着《つ》くのだった。

「ほかの場所《ばしょ》も見《み》てみよう」

真実《しんじつ》たちは再《ふたた》び歩《ある》きはじめる。

「健太《けんた》くん、弱気《よわき》になっちゃダメだからね」

歩《ある》きながら美希《みき》が言《い》う。

「わたしたちはナゾを解《と》くために来《き》たの。雰囲気《ふんいき》だけでおじけづいてちゃダメだよ」

美希《みき》はそう言《い》いながら、目《め》の前《まえ》の家《いえ》の壁《かべ》を懐中電灯《かいちゅうでんとう》で照《て》らす。

と、壁《かべ》に真《ま》っ赤《か》な文字《もじ》で「たすけて」と書《か》かれていた。

「きゃあ！」

美希《みき》は思《おも》わず健太《けんた》に抱《だ》きつく。

見《み》ると、周《まわ》りの家《いえ》の壁《かべ》のあちこちが真《ま》っ赤《か》に染《そ》まっている。

「これって、もしかして事件《じけん》のときの血《ち》の痕《あと》!?」

杉沢村《すぎさわむら》ではかつて村人全員《むらびとぜんいん》が殺《ころ》されるという事件《じけん》があった。壁《かべ》に書《か》かれた「たすけて」という文字《もじ》や赤《あか》く染《そ》まった壁《かべ》

は、そのときのものなのかもしれない。

「弱気《よわき》になっちゃダメなんて無理《むり》だよお」

「そ、それはええっと」

美希《みき》と健太《けんた》は体《からだ》を震《ふる》わせる。

一方《いっぽう》、真実《しんじつ》は壁《かべ》の赤《あか》い色《いろ》をじっと見《み》つめていた。

「これは……」

そのとき――、
いちばんうしろにいた尾狩刑事《おかるけいじ》が声《こえ》をあげた。

「アリス!!」

尾狩刑事《おかるけいじ》はあわてて村《むら》の奥《おく》へと走《はし》りだす。

「どうしたんですか⁇」

健太《けんた》が驚《おどろ》き、声《こえ》をあげると、尾狩刑事《おかるけいじ》は走《はし》りながら答《こた》えた。

**「今《いま》、アリスにそっくりな女《おんな》の子《こ》がいたんです！」**

アリス！　お姉《ねえ》ちゃんだよ！」

尾狩刑事《おかるけいじ》はそのまま村《むら》の奥《おく》へと消《き》えていった。

真実《しんじつ》たちはそんな彼女《かのじょ》を追《お》う。

「尾狩刑事《おかるけいじ》！　どこなの⁇」

懐中電灯《かいちゅうでんとう》を照《て》らし、必死《ひっし》に捜《さが》すがどこにもいない。

「尾狩刑事《おかるけいじ》！」

真実《しんじつ》たちは、村《むら》のいちばん奥《おく》にあるボロボロの大《おお》きな屋敷《やしき》の前《まえ》までやってきた。

「あ、これ！」

美希《みき》が声《こえ》をあげる。

真実《しんじつ》たちが駆《か》け寄《よ》ると、美希《みき》は懐中電灯《かいちゅうでんとう》で屋敷《やしき》の入《い》り口《ぐち》の地面《じめん》を照《て》らしていた。

そこには、大《おお》きな金平糖《こんぺいとう》が落《お》ちていた。

「これって、さっきぼくにもくれたやつだよね？」

健太《けんた》は屋敷《やしき》のほうを見《み》る。屋敷《やしき》のドアが開《あ》いている。

そのドアの前《まえ》にも、大《おお》きな金平糖《こんぺいとう》が落《お》ちていた。

「尾狩刑事《おかるけいじ》はこの中《なか》に入《はい》ったんだよ」

「うん、そうだね！」

健太《けんた》と美希《みき》は走《はし》って屋敷《やしき》の中《なか》へと入《はい》った。

「健太《けんた》くん、美希《みき》さん」

真実《しんじつ》は呼《よ》び止《と》めようとするが、ふたりはそのまま屋敷《やしき》の中《なか》に入《はい》ってしまう。

「しかたがない」

真実《しんじつ》は屋敷《やしき》を見《み》つめる。そして、健太《けんた》たちを追《お》うように、中《なか》へと入《はい》った。


「尾狩刑事《おかるけいじ》〜、どこにいるの？」

屋敷《やしき》の中《なか》。健太《けんた》たちは懐中電灯《かいちゅうでんとう》を照《て》らしながら、尾狩刑事《おかるけいじ》を捜《さが》す。

部屋《へや》や廊下《ろうか》はどこも朽《く》ち果《は》てていて、木《き》の廊下《ろうか》もあちこち穴《あな》が開《あ》き、ミシミシと音《おと》を立《た》てている。

「血《ち》の痕《あと》もいっぱいあるね……」

健太《けんた》は真《ま》っ赤《か》に染《そ》まった廊下《ろうか》の壁《かべ》を照《て》らしながら言《い》う。

すると、美希《みき》が声《こえ》をあげた。

「ねえ、あそこ！」

美希《みき》は廊下《ろうか》の角《かど》を懐中電灯《かいちゅうでんとう》で照《て》らす。そこにはまた大《おお》きな金平糖《こんぺいとう》が落《お》ちていた。

真実《しんじつ》たちはその場所《ばしょ》へと向《む》かう。

「あそこにもあるよ！」

健太《けんた》は角《かど》を曲《ま》がった奥《おく》の廊下《ろうか》を照《て》らした。また大《おお》きな金平糖《こんぺいとう》が落《お》ちている。

「あそこは……」

真実《しんじつ》はその金平糖《こんぺいとう》のもとへと歩《ある》く。つきあたりになっていて、ドアがひとつだけある。

ドアは開《あ》いていて、中《なか》が見《み》える。だが、普通《ふつう》の部屋《へや》ではない。

部屋《へや》の壁《かべ》は岩《いわ》でできていてゴツゴツしていて、下《した》へと伸《の》びる階段《かいだん》があった。

「どうやら地下《ちか》に続《つづ》いているようだね」

「え、地下《ちか》があるの??」

美希《みき》は懐中電灯《かいちゅうでんとう》で穴《あな》の中《なか》を照《て》らそうとした。その瞬間《しゅんかん》――、

## 助《たす》けて　助《たす》けて

地下《ちか》への階段《かいだん》の奥《おく》からかすかに声《こえ》が聞《き》こえた。

「何《なん》なの??」

尾狩刑事《おかるけいじ》の声《こえ》ではない。子《こ》どもの声《こえ》のようだ。

「予言《よげん》のとおりだよ!」

健太《けんた》があせった顔《かお》で言《い》う。予言《よげん》の書《しょ》には「怨霊《おんりょう》の声《こえ》を聞《き》きし者《もの》、永遠《えいえん》の亡者《もうじゃ》となる」と書《か》いてあったのだ。

「事件《じけん》で殺《ころ》された人《ひと》たちの無念《むねん》の声《こえ》ってこと??」

美希《みき》がとまどいながら言《い》う。

「行《い》ってみよう」

真実《しんじつ》の言葉《ことば》に、健太《けんた》と美希《みき》はごくりとつばをのみ込《こ》む。

「そ、そうだよね、行《い》くしかないよね」

今《いま》さら帰《かえ》るわけにはいかない。３人《にん》は意《い》を決《けっ》し、階段《かいだん》を下《お》りた。

階段《かいだん》を下《お》りると、地下《ちか》に出《で》た。

地下《ちか》は、細《ほそ》い洞窟《どうくつ》のような岩肌《いわはだ》の一本道《いっぽんみち》の通路《つうろ》になっている。

どうやら鍾乳洞《しょうにゅうどう》を利用《りよう》してつくったものらしい。

「すごい……」

健太《けんた》はそれを見《み》て思《おも》わず驚《おどろ》き、つぶやく。

「明《あ》かりもついてるよ」

通路《つうろ》にはロウソクが取《と》り付《つ》けられ、明《あか》るくなっている。

「ねえ、あそこは何《なに》？」

美希《みき》は前方《ぜんぽう》を見《み》る。まっすぐ進《すす》むと、すぐに行《い》き止《ど》まりになっているようだ。

真実《しんじつ》たちはその場所《ばしょ》へ行《い》ってみる。

すると、深《ふか》い谷《たに》が行《ゆ》く手《て》を阻《はば》んでいた。

谷《たに》の幅《はば》は5メートルほどありそうだ。谷《たに》の向《む》こうに、またまっすぐ伸《の》びる細《ほそ》い通路《つうろ》が続《つづ》いているのが見《み》える。そのとき――、
**助《たす》けて**

再《ふたた》び、かすかに子《こ》どもの声《こえ》が聞《き》こえた。

「今《いま》、谷《たに》の向《む》こうから聞《き》こえたよね？」

健太《けんた》はおびえながら言《い》う。

「とりあえず谷《たに》を渡《わた》るしかないようだね」

「渡《わた》るって、真実《しんじつ》くん、こんなの跳《と》び越《こ》えられないよ」

「あれを使《つか》うんだよ」

真実《しんじつ》は谷《たに》の手前《てまえ》から向《む》こう側《がわ》に渡《わた》された2本《ほん》のロープを見《み》る。

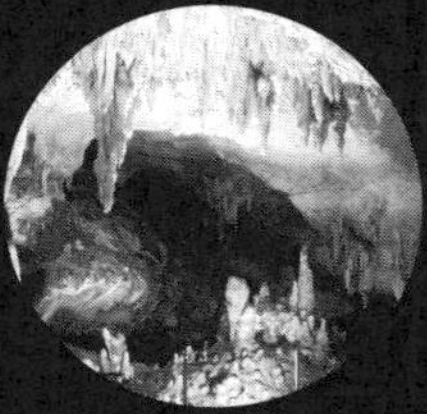

**鍾乳洞《しょうにゅうどう》**
雨水《あまみず》や地下水《ちかすい》が石灰岩《せっかいがん》を溶《と》かしてできた洞窟《どうくつ》。

ロープは真実《しんじつ》たちの足元《あしもと》と頭《あたま》ぐらいの高《たか》さに張《は》られている。

「上《うえ》のロープを手《て》で持《も》って、下《した》のロープを歩《ある》けば、谷《たに》を渡《わた》ることができるはずだよ」

「確《たし》かにそうかも」

美希《みき》は真実《しんじつ》の言葉《ことば》にうなずくが、健太《けんた》は足《あし》がすくんだ。

「落《お》ちたら大《おお》けがしちゃうよ」

おびえる健太《けんた》に、真実《しんじつ》がほほえんだ。

「ひとりで渡《わた》るのは怖《こわ》くても、一緒《いっしょ》に渡《わた》れば怖《こわ》くないよ」

真実《しんじつ》はほほえみながら手《て》をさしのべる。

「真実《しんじつ》くん……」

健太《けんた》は、笑顔《えがお》で握手《あくしゅ》をした。

「よし、行《い》こう」

真実《しんじつ》と健太《けんた》は一緒《いっしょ》にロープを渡《わた》る。

「足《あし》をゆっくり動《うご》かすんだよ。手《て》もしっかり上《うえ》のロープを握《にぎ》っているんだ」

「う、うん」

真実《しんじつ》にアドバイスを受《う》けながら、健太《けんた》はロープを歩《ある》く。そしてみごとに谷《たに》を渡《わた》り切《き》った。

「やったね、健太《けんた》くん」

真実《しんじつ》たちのうしろに続《つづ》いて谷《たに》を渡《わた》った美希《みき》が健太《けんた》を褒《ほ》める。

「いやあ、真実《しんじつ》くんのおかげだよ」

健太《けんた》は真実《しんじつ》に「ありがとう」と礼《れい》を言《い》った。

「だけど、こっちは暗《くら》いね」

入《い》り口《ぐち》から谷《たに》のところまでは、壁《かべ》にロウソクが取《と》り付《つ》けられていて明《あか》るかった。

しかし、谷《たに》を渡《わた》った先《さき》の通路《つうろ》にはロウソクがない。

健太《けんた》は谷《たに》の向《む》こう側《がわ》の通路《つうろ》を見《み》る。ロウソクに照《て》らされ、入《い》り口《ぐち》には先《さき》ほど下《お》りてきた階《かい》段《だん》がはっきりと見《み》えている。

そのとき、また声《こえ》がした。

**助《たす》けて　助《たす》けて**

子《こ》どもの声《こえ》だ。だが、健太《けんた》は声《こえ》の中《なか》に奇妙《きみょう》な言葉《ことば》が交《ま》じっていることに気《き》づいた。

「……えっ？『予言《よげん》の書《しょ》なんか調《しら》べるんじゃなかった』だって？」

健太《けんた》はつぶやく。かすかにそんな声《こえ》が聞《き》こえたのだ。

「怨霊《おんりょう》がどうしてそんなことを言《い》うの？」

美希《みき》が疑問《ぎもん》に思《おも》う。

「そんなのぼくにもわからないよ」

健太《けんた》がとまどっていると、真実《しんじつ》が口《くち》を開《ひら》いた。

「どうやら怨霊《おんりょう》の声《こえ》ではなさそうだね」

真実《しんじつ》は懐中電灯《かいちゅうでんとう》を手《て》に走《はし》りだす。

「あっ、真実《しんじつ》くん！」

健太《けんた》と美希《みき》もその後《あと》に続《つづ》く。

谷《たに》を越《こ》えた先《さき》にある通路《つうろ》はまっすぐ続《つづ》いていた。だが、しばらく行《い》くと右《みぎ》に曲《ま》がっている。

真実《しんじつ》たちはその角《かど》を曲《ま》がる。すると、すぐにつきあたりになってしまった。

**助《たす》けて　助《たす》けて**

つきあたりの壁《かべ》の向《む》こうから、声《こえ》が聞《き》こえる。

「どういうこと??」

健太《けんた》と美希《みき》が困惑《こんわく》していると、真実《しんじつ》はつきあたりになっている壁《かべ》に懐中電灯《かいちゅうでんとう》の光《ひかり》を当《あ》て、何《なに》かを調《しら》べはじめた。

「もしかしたら……、あった！」

真実《しんじつ》は、壁《かべ》の隅《すみ》を照《て》らす。そこには岩肌《いわはだ》の壁《かべ》に埋《う》もれるように、ドアのノブがついていた。

「この奥《おく》に隠《かく》し部屋《べや》があるんだ。声《こえ》はそこからしてたんだよ」

真実《しんじつ》はそう言《い》ってドアノブを回《まわ》した。

岩肌《いわはだ》と同《おな》じ見《み》た目《め》のドアが、ゆっくりと開《ひら》く。

ドアの向《む》こうには、広《ひろ》い部屋《へや》があった。

「あっ、これは！」

部屋《へや》の壁《かべ》にはロウソクが取《と》り付《つ》けられていて、全体《ぜんたい》を見渡《みわた》すことができる。

健太《けんた》は部屋《へや》の隅《すみ》にあるものを見《み》て、目《め》をパチクリさせた。

それは牢屋《ろうや》だ。そこには、3人《にん》の子《こ》どもたちが入《い》れられていた。


**「助《たす》けて！」**


子《こ》どもたちは、真実《しんじつ》たちを見《み》て声《こえ》をあげる。

「怨霊《おんりょう》の声《こえ》は彼《かれ》らの声《こえ》だったの？」

健太《けんた》が驚《おどろ》いていると、真実《しんじつ》は「そのようだね」と答《こた》えた。

「わたし、彼《かれ》らを見《み》たことあるかも。どこだったかな？　そうだ、写真《しゃしん》だ！」

美希《みき》は、先日《せんじつ》ダイダラボッチの不可思議《ふかしぎ》事件《じけん》を調《しら》べているときに見《み》た写真《しゃしん》を思《おも》い出《だ》した。

牢屋《ろうや》に入《い》れられていたのは、予言《よげん》の書《しょ》のナゾを追《お》って行方不明《ゆくえふめい》になってしまった子《こ》どものうちの3人《にん》だったのだ。

「そうか。だけどアリスちゃんは⁇」

健太《けんた》は牢屋《ろうや》のほうを見《み》る。そこにはアリスの姿《すがた》はなかった。

すると、牢屋《ろうや》の中《なか》にいた子《こ》どもたちが口《くち》を開《ひら》いた。

「アリスちゃんもここにいたの？　ぼくたちが来《き》たときはいなかったよ」

「もしかして、彼女《かのじょ》はナゾを解《と》いて、この地下《ちか》から脱《だっ》出《しゅつ》できたのかも」

「だったら、わたしたちも助《たす》かるってこと⁇」

「ここからすぐに出《だ》して‼」

子《こ》どもたちは叫《さけ》ぶように真実《しんじつ》たちに言《い》った。

「出《だ》してあげたいんだけど……」

健太《けんた》は牢屋《ろうや》を見《み》る。牢屋《ろうや》にはさびた鍵《かぎ》がかかっている。

### てこの原理《げんり》を使《つか》ってものを持《も》ち上《あ》げる

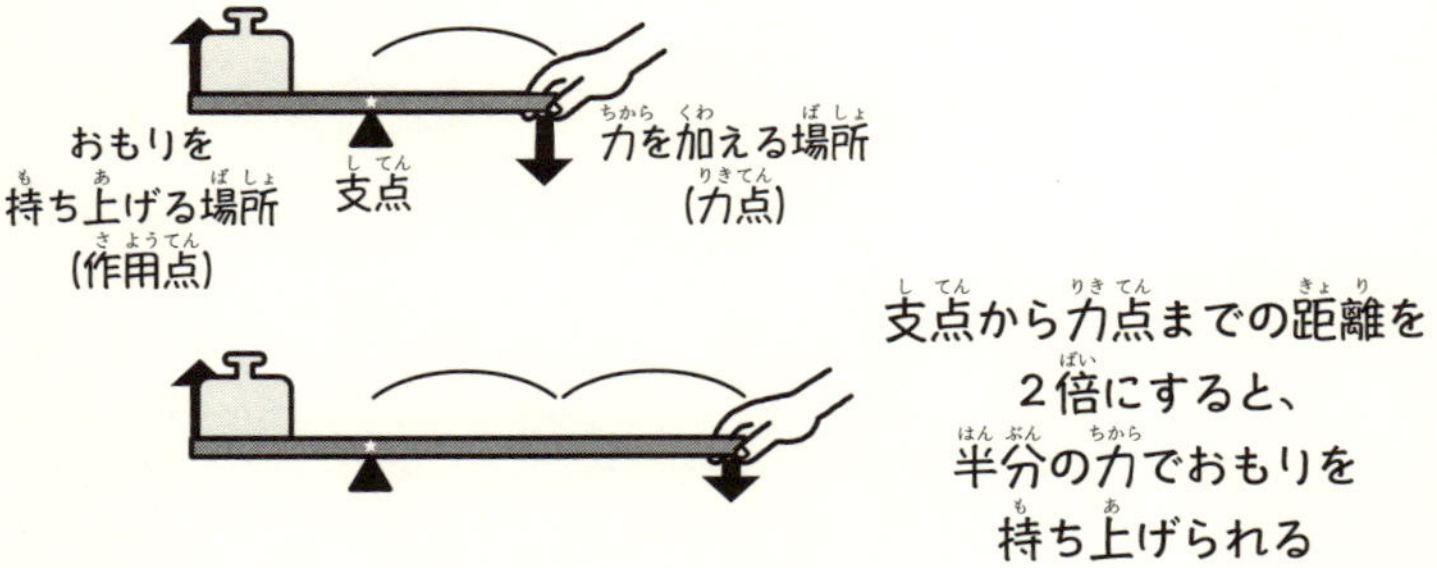

「大丈夫《だいじょうぶ》。この古《ふる》さなら、これで開《あ》くはずだ」

真実《しんじつ》は近《ちか》くに落《お》ちていた鉄《てつ》パイプを拾《ひろ》うと、鍵《かぎ》と牢《ろう》屋《や》の檻《おり》の間《あいだ》に差《さ》し込《こ》んだ。

「真実《しんじつ》くん、何《なに》をするの？」

「こうするんだよ」

真実《しんじつ》は鉄《てつ》パイプの端《はし》を持《も》ってグッと力《ちから》を入《い》れた。

ガチャンと音《おと》を立《た》て、鍵《かぎ》が外《はず》れる。

「『てこの原理《げんり》』だよ。これを利用《りよう》すれば、弱《よわ》い力《ちから》で重《おも》たいものを動《うご》かすことができる。古《ふる》い鍵《かぎ》だったから、その力《ちから》で壊《こわ》すことができたんだ」

**てこの原理《げんり》を使《つか》って鍵《かぎ》を壊《こわ》す**

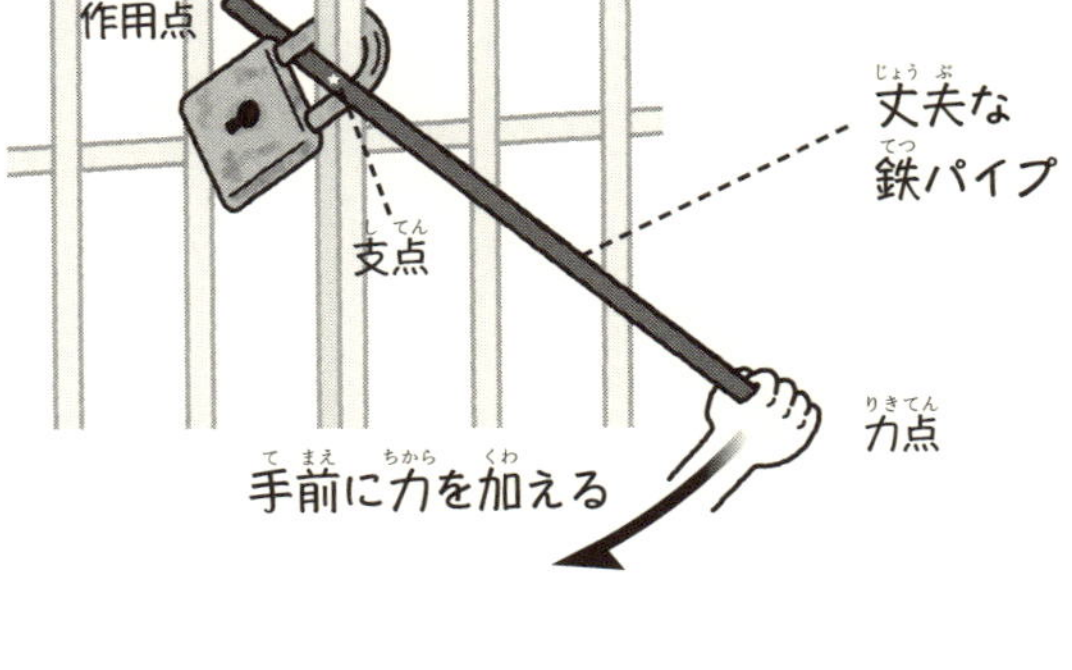

真実《しんじつ》は牢屋《ろうや》を開《あ》ける。

子《こ》どもたちは一斉《いっせい》に外《そと》に飛《と》び出《だ》した。

「早《はや》く入《い》り口《ぐち》に戻《もど》らなきゃ！」

彼《かれ》らはそう言《い》うと、走《はし》りだし、部屋《へや》から出《で》た。

そんな彼《かれ》らを追《お》って、真実《しんじつ》たちも走《はし》る。

「ねえ、どうしてそんなに急《いそ》ぐの？」

美希《みき》が走《はし》りながらたずねると、背《せ》の高《たか》い男《おとこ》の子《こ》が答《こた》えた。

「『無限通路《むげんつうろ》』から抜《ぬ》け出《だ》せるかもしれないんだ！」


**「無限通路《むげんつうろ》⁉」**


背《せ》の高《たか》い男《おとこ》の子《こ》は谷《たに》のほうへと走《はし》りながら、話《はなし》を続《つづ》ける。

「ぼくたちは予言《よげん》の書《しょ》を見《み》て、杉沢村《すぎさわむら》の地下《ちか》までやってきた。この地下《ちか》にナゾがあると思《おも》ったんだ。だけど、入《はい》ったら最後《さいご》、出《で》られなくなってしまったんだ」

「ええ⁉」

続《つづ》いて、ショートカットの女《おんな》の子《こ》が口《くち》を開《ひら》いた。

「だけど、アリスちゃんは脱出《だっしゅつ》できたかもしれない。つまり、無限通路《むげんつうろ》は無限《むげん》に続《つづ》いてるわけじゃないのかも」

「その無限通路《むげんつうろ》って何《なん》なの?」

健太《けんた》がたずねた瞬間《しゅんかん》、一同《いちどう》は谷《たに》まで戻《もど》ってきた。

健太《けんた》は谷《たに》のほうを見《み》る。そして、目《め》を大《おお》きく見開《みひら》いた。

「え、どういうこと??」

谷《たに》の向《む》こうには先《さき》ほどまで地上《ちじょう》へと続《つづ》く入《い》り口《ぐち》が見《み》えていた。しかし今《いま》はなぜか、どこまでも続《つづ》くまっすぐな通路《つうろ》が延《の》びていたのだ。

「やっぱりまたダメだ！」
ショートカットの女《おんな》の子《こ》が泣《な》きそうな声《こえ》で言《い》う。

**「ねえ、ロープが！」**

美希《みき》は谷《たに》を見《み》る。橋《はし》として使《つか》った2本《ほん》のロープが外《はず》れ、谷《たに》の向《む》こうの無限通路側《むげんつうろがわ》に垂《た》れ下《さ》がっていた。

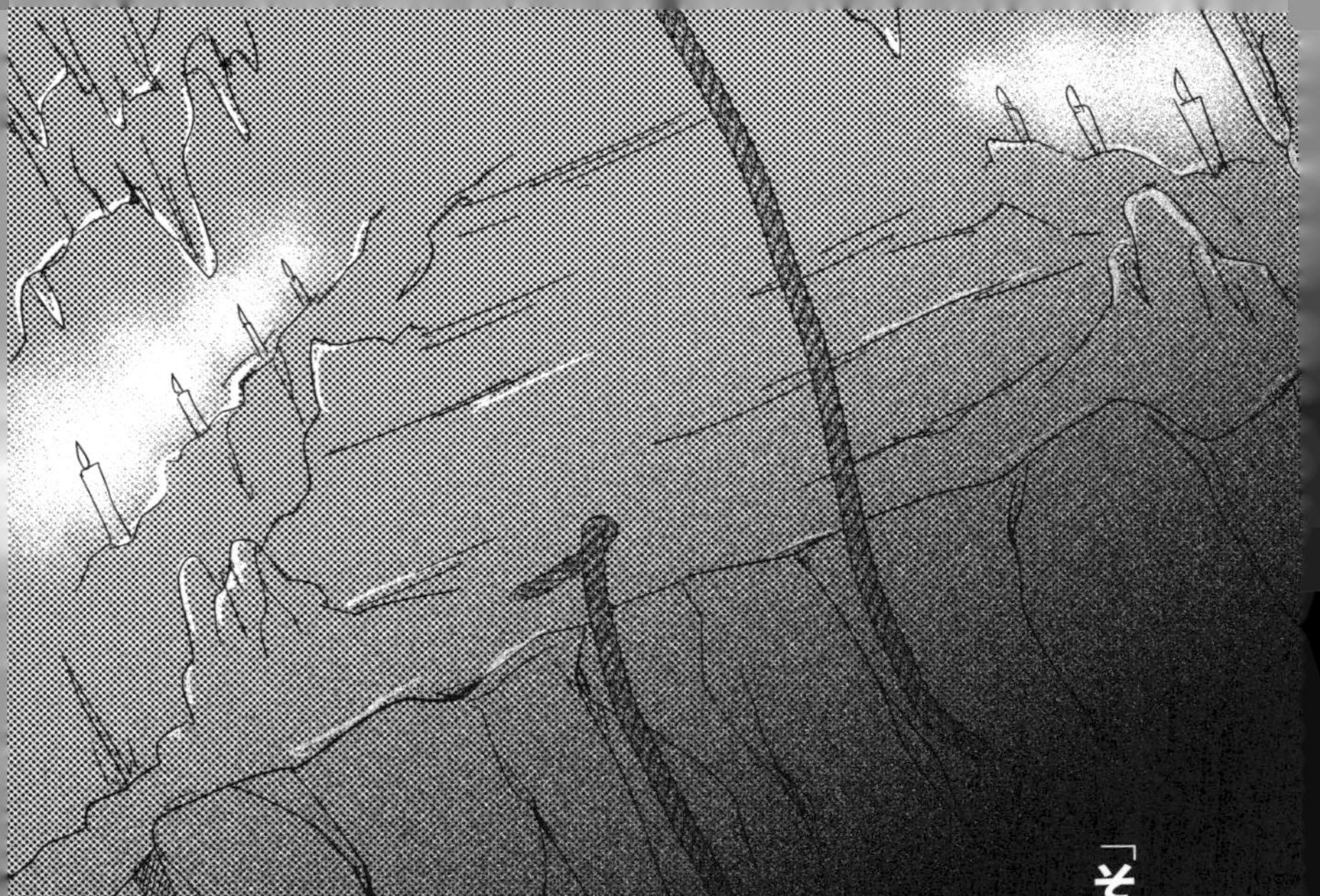

「そんな！　これじゃあ向《む》こうに戻《もど》れないよ！」

健太《けんた》があせる。

「そもそも向《む》こうに行《い》けたとしても、入《い》り口《ぐち》がなくなってるんだよ」

美希《みき》も絶望感《ぜつぼうかん》を抱《いだ》いていた。

「ぼくら本当《ほんとう》に永遠《えいえん》の亡者《もうじゃ》になっちゃったの⁉」

予言《よげん》の書《しょ》にはそう書《か》かれていた。

健太《けんた》は無限通路《むげんつうろ》を見《み》ながらおびえる。

すると、蝶《ちょう》ネクタイをつけた男《おとこ》の子《こ》が答《こた》えた。

「これはきっと予言《よげん》の書《しょ》のナゾのひとつだと思《おも》う。ぼくたちは解《と》けずに立《た》ち往生《おうじょう》してしまった。そして、覆面《ふくめん》をかぶった人《ひと》に捕《と》らえられてしまって、牢屋《ろうや》に入《い》れられたんだ」

「覆面《ふくめん》をかぶった人《ひと》？　それって神《かみ》の使《つか》いってこと？」

**ゴーン　ゴーン**

そのとき、鐘《かね》の音《ね》が鳴《な》った。

「大変《たいへん》だ！　また牢屋《ろうや》に入《い》れられちゃう！」

「どういうこと？」

健太《けんた》がたずねると、３人《にん》が声《こえ》をあらげた。

「あの鐘《かね》の音《ね》が10回鳴《かいな》ったら、覆面《ふくめん》をかぶった人《ひと》に捕《と》らえられてしまうんだ！」

「タイムリミットってことか」

それを聞《き》き、真実《しんじつ》は谷《たに》の向《む》こうを見《み》つめる。

「助《たす》かるには、ナゾを解《と》くしかないようだね」

「だけど、いつの間《ま》にあんな通路《つうろ》をつくったの？」

先《さき》ほどまでは地上《ちじょう》へと続《つづ》く入《い》り口《ぐち》があったはずだ。それがわずかな間《あいだ》に無限通路《むげんつうろ》に変《か》わっていた。

**ゴーン　ゴーン　ゴーン**

鐘《かね》が鳴《な》り続《つづ》け、5回目《かいめ》の鐘《かね》が鳴《な》る。

「あと5回《かい》だよ」

健太《けんた》はあせりながら、無限通路《むげんつうろ》を見《み》る。

そんななか、真実《しんじつ》はふと何《なに》かを思《おも》うと、3人《にん》の子《こ》どもたちを見《み》た。

「きみたちは谷《たに》の向《む》こうには行《い》っていないのかい？」

「え、うん。跳《と》び越《こ》えるためのアイデアはあったけど、行《い》ってもしかたがないと思《おも》って。通《つう》路《ろ》が無限《むげん》に続《つづ》いてるでしょ」


「**無《む》限《げん》に……**」

**ゴーン　ゴーン　ゴーン**

鐘《かね》が8回《かい》鳴《な》る。あと2回《かい》で捕《つか》まってしまう。

「もうダメだ」

子《こ》どもたちはその場《ば》にしゃがみこむ。

「せめて、こっちも明《あか》るかったら少《すこ》しは安心《あんしん》できるのに」

健太《けんた》もそう言《い》いながら、しゃがみこんでしまった。

**「明《あか》るかったら？」**

真実《しんじつ》は、谷《たに》の向《む》こうの通路《つうろ》を見《み》る。

無限《むげん》に続《つづ》く通路《つうろ》は、壁《かべ》にロウソクが取《と》り付《つ》けられていて明《あか》るかった。

一方《いっぽう》、真実《しんじつ》たちが立《た》っている谷《たに》のこちら側《がわ》の通路《つうろ》は、明《あ》かりがなく暗《くら》い。

「……そうか。そういうことか」

真実《しんじつ》は健太《けんた》と美希《みき》、そして3人《にん》の子《こ》どもたちを見《み》た。

「通路《つうろ》はたしかに無限《むげん》に続《つづ》いているように見《み》える。だけどあれは本物《ほんもの》の通路《つうろ》じゃないんだ。科学《かがく》で解《と》けないナゾはない。ヒントは、無限《むげん》に続《つづ》くように見《み》える明《あか》るい通路《つうろ》を、暗《くら》い場所《ばしょ》から見《み》ているということ。そして、2枚《まい》の鏡《かがみ》だ」

「2枚《まい》の鏡《かがみ》??」

健太《けんた》は首《くび》をかしげる。はたして、2枚《まい》の鏡《かがみ》がどう使《つか》われているのだろうか? そして、その鏡《かがみ》はいったいどこにあるのか?

2枚《まい》の鏡《かがみ》を
向《む》かい合《あ》わせると
どうなるかな？

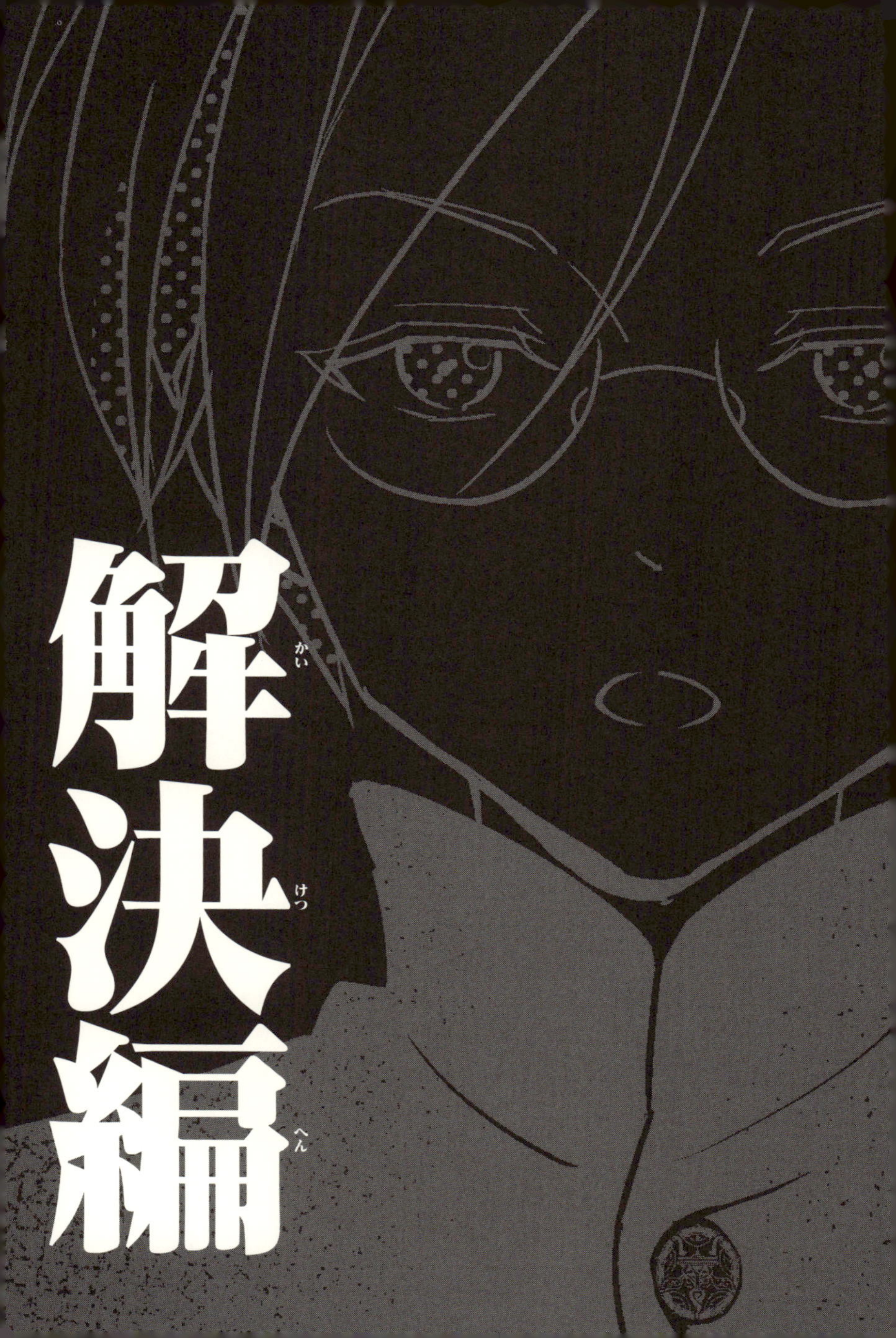
解《かい》決《けつ》編《へん》

「まずは、ナゾを解《と》くために谷《たに》の向《む》こうに行《い》くよ」

真実《しんじつ》は健太《けんた》たちに言《い》う。

「谷《たに》は5メートルぐらいあるよ？　ジャンプしただけじゃ跳《と》び越《こ》えられないよ！」

健太《けんた》が心配《しんぱい》すると、真実《しんじつ》はショルダーバッグの中《なか》からあるものを取《と》り出《だ》した。

それは七《なな》つ道具《どうぐ》のひとつ、ハンディガンだ。

真実《しんじつ》は、ハンディガンに矢《や》じりのような形《かたち》をした鉄《てつ》のアンカーを取《と》り付《つ》けた。

「このスイッチを押《お》すと、ワイヤーがついたアンカーが飛《と》び出《で》る。そのアンカーを谷《たに》の天井《てんじょう》に打《う》ち付《つ》けて、ワイヤーをロープのように使《つか》って谷《たに》を跳《と》び越《こ》えるんだ」

「そんな！　もし天井《てんじょう》の壁《かべ》がくずれちゃったらどうするの？」

そのとき、ゴーンと鐘《かね》が鳴《な》った。タイムリミットまであと1回《かい》だ。

「ここから脱《だっ》出《だ》するためにはやるしかない！」

真実《しんじつ》は、谷《たに》の天井《てんじょう》に向《む》かってハンディガンを撃《う》った。

天井《てんじょう》にアンカーが刺《さ》さる。同時《どうじ》に真実《しんじつ》は谷《たに》に向《む》かって走《はし》りだす。

「真実《しんじつ》くん！」

**「やああっ！」**

次《つぎ》の瞬間《しゅんかん》、真実《しんじつ》はワイヤーをロープのように使《つか》って、谷《たに》を越《こ》えた。

「すごい！」

健太《けんた》たちが驚《おどろ》きの声《こえ》をあげる。

真実《しんじつ》はそのまま、谷《たに》の向《む》こうの空間《くうかん》を蹴《け》った。

すると、何《なに》かが倒《たお》れた。

「えええ??」

何《なに》かが倒《たお》れた瞬間《しゅんかん》、谷《たに》の向《む》こうに誰《だれ》かが立《た》っているのが見《み》える。

　それはなんと、健太《けんた》と美希《みき》、そして3人《にん》の子《こ》どもたちだった。
「うわああ！　どうしてぼくたちがあっちにいるの⁇」
「もしかして、ほんとに異空間《いくうかん》に入《はい》っちゃったのかも」
　健太《けんた》と美希《みき》は驚《おどろ》く。だが、健太《けんた》は驚《おどろ》きながらも、谷《たに》の向《む》こうに真実《しんじつ》もふたりいることに気《き》づいた。

「あれって……」

目《め》をこらして見《み》てみる。それは、本物《ほんもの》の健太《けんた》や真実《しんじつ》たちではなかった。

谷《たに》の向《む》こうに「大《おお》きな鏡《かがみ》」があり、そこに健太《けんた》たちが映《うつ》っていたのだ。

「どういうこと??」

とまどう健太《けんた》たちに、真実《しんじつ》は答《こた》える。

「さっき、ヒントは2枚《まい》の鏡《かがみ》だと言《い》っただろう。鏡《かがみ》はこれ1枚《まい》だけじゃない。ぼくが蹴《け》ったものも同《おな》じく鏡《かがみ》なんだよ。ただし普通《ふつう》の鏡《かがみ》じゃない。蹴《け》ったほうの鏡《かがみ》は『マジックミラー』だったんだ」

「**マジックミラー??**」

「マジックミラーは一方《いっぽう》からは普通《ふつう》の鏡《かがみ》のように映《うつ》ったものが見《み》える。だけどもう一方《いっぽう》からは向《む》こう側《がわ》が透《す》けて見《み》えるんだ。そして、鏡《かがみ》とマジックミラー、それこそが無限通路《むげんつうろ》の秘密《ひみつ》だったんだ」

真実《しんじつ》はそのトリックを健太《けんた》たちに説明《せつめい》する。

「ぼくたちが階段《かいだん》を下《お》りて地下《ちか》に来《き》たとき、入《い》り口《ぐち》から谷《たに》までの通路《つうろ》の間《あいだ》には何《なに》もなかった。だけど、このトリックを仕掛《しか》けた犯人《はんにん》は、ぼくたちが牢屋《ろうや》にいる彼《かれ》らを助《たす》け出《だ》している間《あいだ》に、入《い》り口《ぐち》から谷《たに》までの通路《つうろ》に『鏡《かがみ》』と『マジックミラー』を置《お》いたんだ」

真実《しんじつ》は、鏡《かがみ》のほうを見《み》る。鏡《かがみ》は入《い》り口《ぐち》の前《まえ》に置《お》かれていて、谷《たに》のそばにあったマジックミラーとの間《あいだ》だけロウソクで照《て》らされていた。

「合《あ》わせ鏡《かがみ》をすると、空間《くうかん》が無限《むげん》に続《つづ》くように見《み》えるよね。ぼくらは、その2枚《まい》の鏡《かがみ》を外側《そとがわ》から見《み》ていたんだ。それは、ひとつがマジックミラーになっているからできることなのさ」

「そうなんだ。明《あか》るさも関係《かんけい》するの？」

健太《けんた》が疑問《ぎもん》を口《くち》にすると、真実《しんじつ》が答《こた》えた。

「マジックミラーは暗《くら》いところから明《あか》るいところを見《み》ると、向《む》こう側《がわ》が透《す》ける性質《せいしつ》がある。ロウソクで照《て》らされた明《あか》るい通路《つうろ》を挟《はさ》むように鏡《かがみ》とマジックミラーを置《お》くと、その挟《はさ》まれた空間《くうかん》で何度《なんど》も光《ひかり》が反射《はんしゃ》を起《お》こし、暗《くら》いところにいたぼくらには通路《つうろ》が無限《むげん》に続《つづ》くように見《み》えたんだ」

## 無限通路《むげんつうろ》のトリック

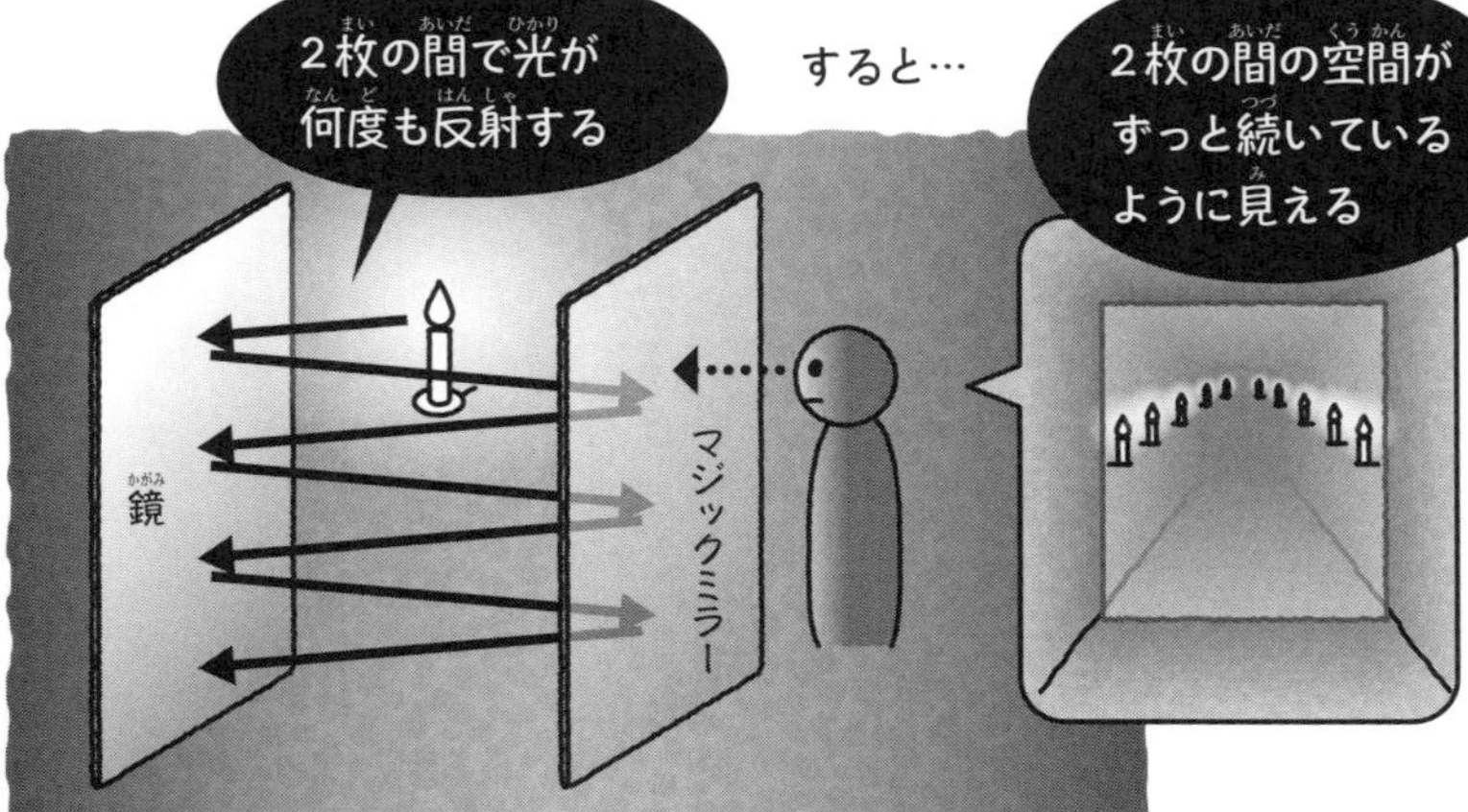

真実《しんじつ》は外《はず》された橋代《はしが》わりのロープを見《み》る。

「おそらくロープを取《と》り外《はず》したのも、こちら側《がわ》に来《こ》させないためだったんだろう。こちら側《がわ》に来《き》たら、マジックミラーがあるのがわかるからね。そして、この鏡《かがみ》を移動《いどう》させれば――」

真実《しんじつ》はそう言《い》って鏡《かがみ》を動《うご》かす。すると、地上《ちじょう》へと戻《もど》る入《い》り口《ぐち》が見《み》えた。

真実《しんじつ》はハンディガンのアンカーを天井《てんじょう》から取《と》ると、谷《たに》の淵《ふち》に垂《た》れていた2本《ほん》のロープを結《むす》び、健太《けんた》たちのほうへと撃《う》った。

アンカーは谷《たに》を越《こ》え、健太《けんた》たちの近《ちか》くへ落《お》ちる。健太《けんた》たちはそのロープを谷《たに》の間《あいだ》に張《は》ると、再《ふた》び橋《はし》をつくった。

健太《けんた》たちと捕《と》らわれていた子《こ》どもたちが、その橋《はし》を渡《わた》る。

「さあ、地上《ちじょう》に戻《もど》ろう」

こうして、真実《しんじつ》たちは無事《ぶじ》に地上《ちじょう》へと戻《もど》ることができたのだった。

●

「よかった〜、脱出《だっしゅつ》できて」

健太《けんた》は地上《ちじょう》へ戻《もど》れてホッとするが、すぐに険《けわ》しい顔《かお》になった。

「そういえば、尾狩刑事《おかるけいじ》は？」

尾狩刑事《おかるけいじ》を追《お》って地下《ちか》に行《い》ったが、見《み》つけられなかったのだ。

「もしかして谷《たに》に落《お》ちちゃったのかも。だったら助《たす》けなきゃ！」

健太《けんた》はあわてて屋敷《やしき》の中《なか》に戻《もど》ろうとした。そのとき——、

**「わたくしはここにいるのであります！」**

尾狩刑事《おかるけいじ》の声《こえ》が響《ひび》いた。

真実《しんじつ》たちは声《こえ》がしたほうを懐中電灯《かいちゅうでんとう》で照《て》らす。

すると、少《すこ》し離《はな》れたところに尾狩刑事《おかるけいじ》が立《た》っていた。

「みなさん、無事《ぶじ》だったんですね！」

尾狩刑事《おかるけいじ》は真実《しんじつ》たちを見《み》つけ、ホッと息《いき》をはく。

彼女《かのじょ》のそばには申《もう》し訳《わけ》なさそうな顔《かお》をした女《おんな》の人《ひと》もいる。

その女《おんな》の人《ひと》を見《み》て、美希《みき》は「あっ」と声《こえ》をあげた。

「その人《ひと》って、コンビニにいたおばあさん？」

尾狩刑事《おかるけいじ》はうなずきながら、ここに彼女《かのじょ》がいる理由《りゆう》を話《はな》した。

**「どうやら、彼女《かのじょ》がこの村《むら》で子《こ》どもたちを捕《と》らえていたようです」**

「えええ??」

尾狩刑事《おかるけいじ》はアリスらしき少女《しょうじょ》を追《お》って小屋《こや》の中《なか》に入《はい》ったとき、何者《なにもの》かに捕《と》らえられてしまったのだという。

その正体《しょうたい》は、アリスに似《に》た格好《かっこう》をしたおばあさんだったのだ。

しかし、尾狩刑事《おかるけいじ》は縄《なわ》で縛《しば》られたものの、一瞬《いっしゅん》の隙《すき》をつき、逆《ぎゃく》におばあさんを捕《つか》まえたらしい。そして、地下《ちか》に真実《しんじつ》たちがいることを聞《き》き出《だ》し、助《たす》けに行《い》こうとしたところだったのだ。

おばあさんは「ごめんなさい」と言《い》いながら、真相《しんそう》を話《はな》す。

「ある日《ひ》、神《かみ》の使《つか》いから電話《でんわ》があって、『言《い》うことを聞《き》かないと孫《まご》をひどい目《め》に遭《あ》わせる』と言《い》われて。それでしかたなく罠《わな》を仕掛《しか》け、子《こ》どもたちを捕《と》らえていたんです」

子《こ》どもたちが言《い》っていた覆面《ふくめん》をかぶった人物《じんぶつ》とは、このおばあさんのことだったようだ。

「そうだったんだ」

子《こ》どもたちは真相《しんそう》を知《し》り、おばあさんに同情《どうじょう》する。悪《わる》いのは神《かみ》の使《つか》いだったのだ。

そんななか、真実《しんじつ》がおばあさんに話《はな》しかけた。

「ここは杉沢村《すぎさわむら》ではないんですね？」

「どういうこと？　血《ち》の痕《あと》がいっぱいあったよ？　本物《ほんもの》の杉沢村《すぎさわむら》を不可思議《ふかしぎ》事件《じけん》に利用《りよう》したんじゃないの？」

「健太《けんた》くん、あの血《ち》は真《ま》っ赤《か》だっただろう。杉沢村《すぎさわむら》で事件《じけん》が起《お》きたのは大昔《おおむかし》と言《い》われているんだ。もしあの血《ち》がそのときついたものなら、酸化《さんか》して黒《くろ》ずんでいるはずだよ」

「なるほど、そうなんだね」

おばあさんは「そのとおりです」と言《い》い、事件《じけん》の全容《ぜんよう》を説明《せつめい》した。

まずコンビニで偶然《ぐうぜん》を装《よそお》い、美希《みき》に話《はな》しかけ、近《ちか》くに杉沢村《すぎさわむら》が本当《ほんとう》にあるかのように話《はな》した。実際《じっさい》は、ここはただの廃村《はいそん》で、杉沢村《すぎさわむら》の看板《かんばん》も分《わ》かれ坂《ざか》の看板《かんばん》も、おばあさんが立《た》てたものだった。すべて神《かみ》の使《つか》いから電話《でんわ》で指示《しじ》を受《う》けて動《うご》いたという。

「刑事《けいじ》さんを捕《つか》まえたのは、地下《ちか》に行《い》かせないためです」

無限通路《むげんつうろ》のトリックを仕掛《しか》けたとき、ロープを外《はず》して谷《たに》を渡《わた》れなくしたが、運動神経《うんどうしんけい》がいい尾狩刑事《おかるけいじ》なら、ロープがなくても谷《たに》を跳《と》び越《こ》えてしまうかもしれないと心配《しんぱい》したのだ。

「彼女《かのじょ》を捕《つか》まえたあと、持《も》っていた金平糖《こんぺいとう》を使《つか》って、あなたたちを屋敷《やしき》まで誘《さそ》い込《こ》みました」

真実《しんじつ》たちはその金平糖《こんぺいとう》に導《みちび》かれ、地下《ちか》に入《はい》ったのだ。

すべては神《かみ》の使《つか》いの計画《けいかく》どおりだったが、真実《しんじつ》たちはみごとトリックを見破《みやぶ》った。そしてさらに尾狩刑事《おかるけいじ》も自力《じりき》で縄《なわ》をほどいてしまった。

「だけど、どうして子《こ》どもを狙《ねら》うんですか？」

真実《しんじつ》はおばあさんにたずねる。

「神《かみ》の使《つか》いは、子《こ》どもたちを『育成《いくせい》する』と話《はな》していました」

**「育成《いくせい》⁉」**

真実《しんじつ》たちは不思議《ふしぎ》に思《おも》うが、おばあさんもそれ以上《いじょう》は知《し》らないらしい。

「アリスちゃんはどこなの？」

健太《けんた》はおばあさんに詰《つ》め寄《よ》る。

すると、すでにそのことを聞《き》いていた尾狩刑事《おかるけいじ》が答《こた》えた。

「4カ月《げつ》ほど前《まえ》、アリスもこの場所《ばしょ》に来《き》たそうです。そしてナゾを解《と》いたあと、『きさらぎ駅《えき》』に向《む》かったらしいのです」

「アリスちゃん、ひとりでナゾを解《と》いたんだね」

「やっぱりすごいね」

子《こ》どもたちはアリスに感心《かんしん》する。

「『わたしもお姉《ねえ》ちゃんみたいに、人《ひと》を助《たす》けられる人間《にんげん》になりたい』。アリスは杉沢村《すぎさわむら》のナゾを解《と》いたあと、そう言《い》って先《さき》に行方不明《ゆくえふめい》になった仲間《なかま》を助《たす》けに行《い》ったそうです」

尾狩刑事《おかるけいじ》の目《め》に涙《なみだ》が浮《う》かぶ。

真実《しんじつ》たちはそれを知《し》り、早《はや》くアリスのもとへ向《む》かわなければと思《おも》った。

「予言《よげん》の書《しょ》の数字《すうじ》を見《み》よう」

真実《しんじつ》たちは予言《よげん》の書《しょ》を開《ひら》くと、マス目《め》のページを確認《かくにん》した。

「今回《こんかい》のトリックは、ええっと……、あ、これだ！」

健太《けんた》は「鏡《かがみ》」の絵《え》を指《ゆび》さした。

鏡《かがみ》の絵《え》の下《した》に書《か》かれた数字《すうじ》は「６６６」だ。

「何《なん》だか不吉《ふきつ》な数字《すうじ》ね」

美希《みき》が言《い》う。６６６は西洋《せいよう》では不吉《ふきつ》な数字《すうじ》なのだ。

「だけど、これで数字《すうじ》がそろった」

真実《しんじつ》は６６６と書《か》き込《こ》む。

マス目《め》の数字《すうじ》は、

35.6642

139.7666

赤道《せきどう》から北側《きたがわ》に何度《なんど》離《はな》れているかを示《しめ》す数字《すうじ》

北緯《ほくい》 3 5 . 6 6 4 2 度《ど》

東経《とうけい》 1 3 9 . 7 6 6 6 度《ど》

グリニッジ旧天文台《きゅうてんもんだい》からから東側《ひがしがわ》に何度《なんど》離《はな》れているかを示《しめ》す数字《すうじ》

「これは何《なん》だろう??」

健太《けんた》たちは首《くび》をかしげる。

すると、真実《しんじつ》が口《くち》を開《ひら》いた。

**「……やはりそうか。これは『地理座標《ちりざひょう》』だよ」**

「なるほど」

尾狩刑事《おかるけいじ》がまじまじと数字《すうじ》を見《み》る。

「これは『北緯《ほくい》』と『東経《とうけい》』を表《あらわ》しているんですね」

「そのとおり。ぼくたちが探《さが》していた、きさらぎ駅《えき》に向《む》かうためのヒントです。北緯《ほくい》35・6642度《ど》、東経《とうけい》139・7666度《ど》の場所《ばしょ》に行《い》けば、すべてがわかるはずです」

真実《しんじつ》は、尾狩刑事《おかるけいじ》と健太《けんた》たちを見《み》る。そして大《おお》きな声《こえ》で言《い》った。

「さあ、アリスさんを助《たす》けに行《い》こう！」

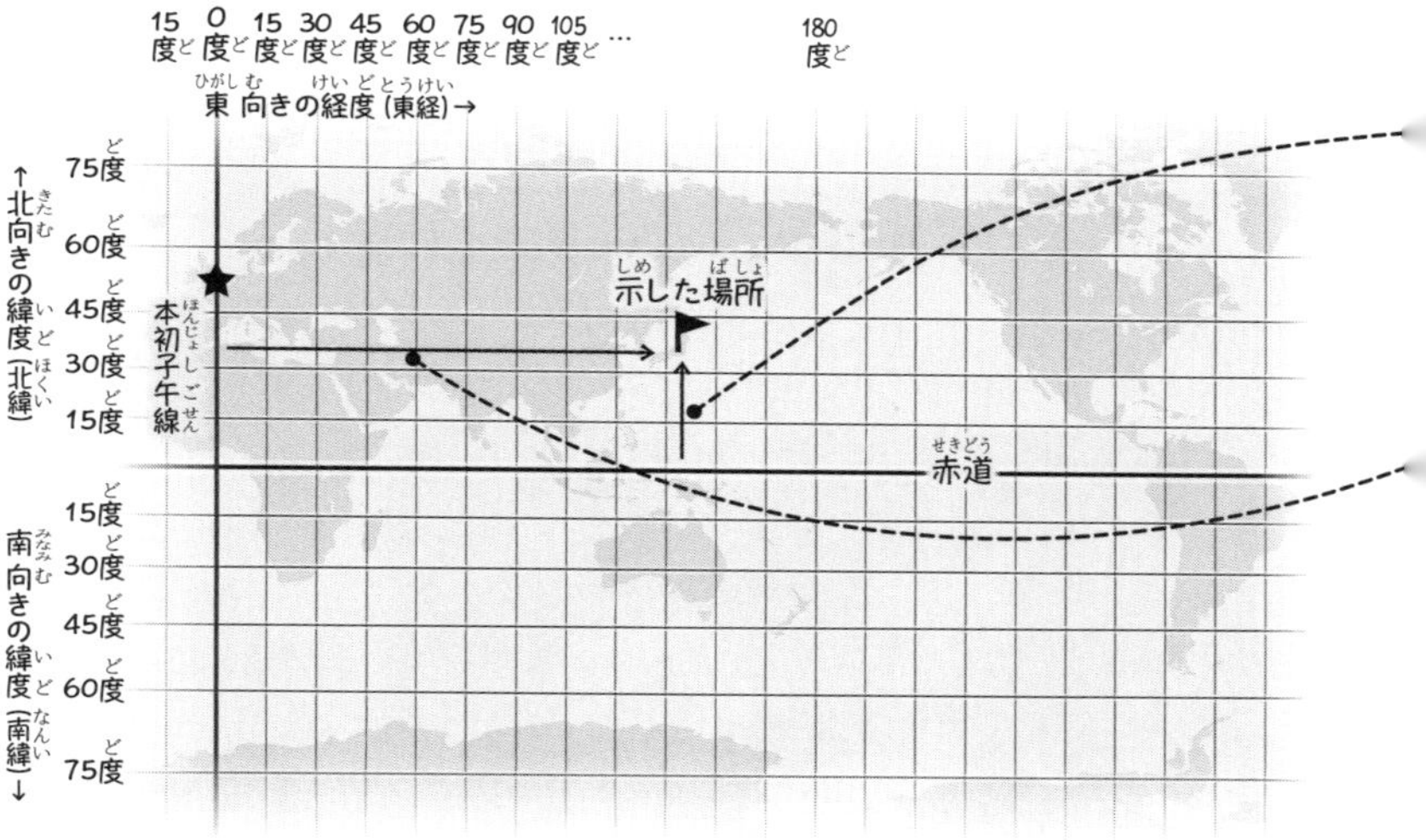


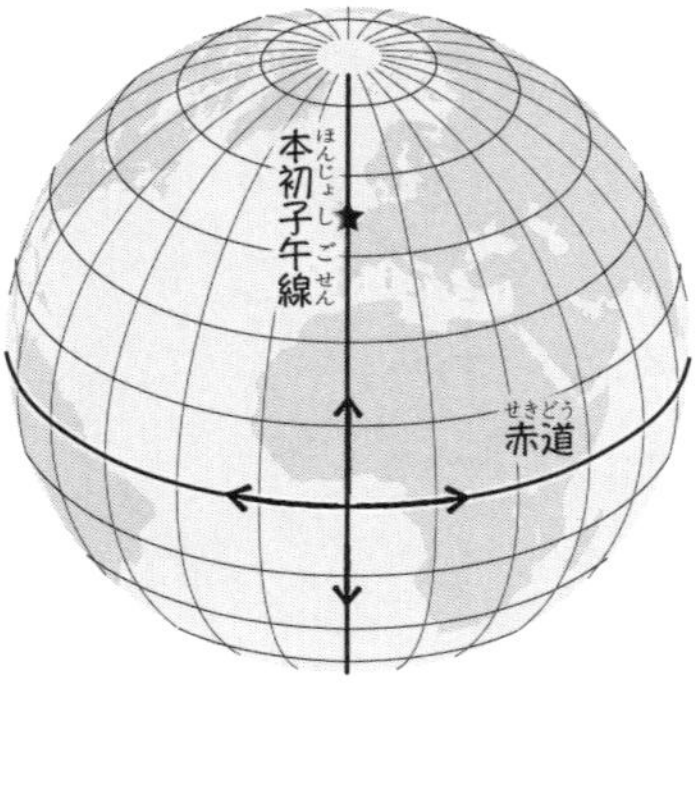


**地理座標《ちりざひょう》**
地球《ちきゅう》の表面《ひょうめん》にある場所《ばしょ》を縦《たて》の数字《すうじ》と横《よこ》の数字《すうじ》の組《く》み合《あ》わせで表《あらわ》す方法《ほうほう》。縦《たて》の数字《すうじ》は、その場所《ばしょ》がイギリスの旧《きゅう》グリニッジ天文台《てんもんだい》から東西方向《とうざいほうこう》にどれくらい離《はな》れているかを角度《かくど》で表《あらわ》している。これを経度《けいど》という。横《よこ》の数字《すうじ》は、その場所《ばしょ》が赤道《せきどう》から南北方向《なんぼくほうこう》にどれくらい離《はな》れているかを角度《かくど》で表《あらわ》している。これを緯度《いど》という。

# 3

SCIENCE TRICK DATA FILE

## 科学《かがく》トリック データファイル

### 脳《のう》をだます「おばけ坂《ざか》」

上《のぼ》り坂《ざか》が下《くだ》り坂《ざか》に見《み》えたり、下《くだ》り坂《ざか》が上《のぼ》り坂《ざか》に見《み》えたりする坂道錯視《さかみちさくし》の例《れい》を紹介《しょうかい》します。上《うえ》の写真《しゃしん》は沖縄県久米島町《おきなわけんくめじまちょう》にある「おばけ坂《ざか》」です。上《のぼ》り坂《ざか》なのに下《くだ》り坂《ざか》に見《み》えると言《い》われます。

このような錯覚《さっかく》は周辺《しゅうへん》の草木《くさき》の生《は》え方《かた》や、坂道《さかみち》の長《なが》さがわからないことも影響《えいきょう》しています。

## 「ベタ踏《ぶ》み坂《ざか》」のひみつ

正面《しょうめん》から見《み》ると……

島根県《しまねけん》と鳥取県《とっとりけん》を結《むす》ぶ通称《つうしょう》「ベタ踏《ぶ》み坂《ざか》」（江島《えしま》大橋《おおはし》）。車《くるま》が走《はし》れるのが不《ふ》思議《しぎ》なほど急《きゅう》な坂《さか》に見《み》える

横《よこ》から見《み》ると……

橋《はし》の長《なが》さがわかると、そこまで急《きゅう》な坂《さか》ではないことがわかる。その傾《かたむ》きは100m進《すす》むと5～6m上《あ》がる程度《ていど》

# きさらぎ駅《えき》

# 神《かみ》の使《つか》いとの対《たい》決《けつ》

終《しゅう》末《まつ》の大《だい》予《よ》言《げん》［後編《こうへん》］4

月明《つきあ》かりの下《した》、真実《しんじつ》たちは背丈《せたけ》ほどの雑草《ざっそう》をかき分《わ》けながら進《すす》んでいた。

健太《けんた》が泣《な》きそうな声《こえ》で叫《さけ》ぶ。

「ひ～！　座標《ざひょう》の場所《ばしょ》まで、あとどれくらいあるの⁉」

「あと少《すこ》しです！　みなさん頑張《がんば》ってください！」

尾狩刑事《おかるけいじ》がスマホのアプリで現在位置《げんざいいち》を確認《かくにん》して答《こた》える。

座標《ざひょう》が指《さ》していたのは、先《さき》ほどの村《むら》から50キロほど離《はな》れた山《やま》の中《なか》だった。

みんなは、山《やま》のふもとから雑草《ざっそう》だらけの山道《やまみち》を、もう2時間《じかん》も登《のぼ》っていたのだ。

雑草《ざっそう》をかき分《わ》けると、ふいに視界《しかい》が開《ひら》けた。

「あっ！　あれを見《み》て！」

健太《けんた》が前方《ぜんぽう》を指《ゆび》さす。

木々《きぎ》に囲《かこ》まれた空間《くうかん》の真《ま》ん中《なか》に、無人駅《むじんえき》のような小《ちい》さなホームがある。

ホームの前《まえ》にはレールが敷《し》かれ、森《もり》の中《なか》へと延《の》びていた。

尾狩刑事《おかるけいじ》が再《ふたた》びアプリを確認《かくにん》する。

「北緯《ほくい》35・6642度《ど》、東経《とうけい》139・7666度《ど》……間違《まちが》いありません、この場所《ばしょ》です！」

「そういえば、アリスさんが残《のこ》したメッセージにはこう書《か》かれてた……『23時《じ》40分《ぷん》。ホームに電車《でんしゃ》がやってきた』って」

美希《みき》が取材《しゅざい》メモを見《み》ながら言《い》うと、健太《けんた》は眉《まゆ》をひそめた。

「23時《じ》40分《ぷん》って、きさらぎ駅《えき》の都市伝説《としでんせつ》で女《おんな》の人《ひと》が電車《でんしゃ》に乗《の》った時刻《じこく》と同《おな》じだよね。でも……こんな場所《ばしょ》に、電車《でんしゃ》なんかくるのかな？」

尾狩刑事《おかるけいじ》はスマホの画面《がめん》に目《め》をやった。

「もうすぐ23時《じ》40分《ぷん》です！」

そのとき……森《もり》の奥《おく》からかすかな音《おと》が聞《き》こえてきた。

**カタンコトン、カタンコトン**

「電車《でんしゃ》……!?」

健太《けんた》が音《おと》のするほうを見《み》ると、線路《せんろ》が敷《し》かれた闇《やみ》の中《なか》から赤《あか》い車両《しゃりょう》が現《あらわ》れた。

1両《りょう》のみで、運転士《うんてんし》の姿《すがた》もない。

ホームの前《まえ》で車両《しゃりょう》が止《と》まると、音《おと》もなくドアが開《ひら》いた。

「これに乗《の》れってことだよね……？」

乗《の》ろうか乗《の》るまいか……こわごわと片足《かたあし》を上《あ》げ下《さ》げする健太《けんた》。

そんな健太《けんた》を横目《よこめ》に、真実《しんじつ》たちは迷《まよ》いなく車両《しゃりょう》に乗《の》り込《こ》んだ。

「アリスたちがいる場所《ばしょ》まで、もう少《すこ》しです！」

「健太《けんた》くん、乗《の》らないの？　ドアが閉《し》まったらひとりぼっちになっちゃうよ」

「わあ！　乗《の》る乗《の》る！　ぼくも乗《の》るよ～！」

あわてて健太《けんた》が飛《と》び乗《の》ると、ドアが閉《し》まり、車両《しゃりょう》が動《うご》きだした。

●

車両《しゃりょう》は暗《くら》い木々《きぎ》の間《あいだ》を抜《ぬ》けて進《すす》んでいく。

やがて、窓《まど》の外《そと》に深《ふか》い霧《きり》が立《た》ち込《こ》め、何《なに》も見《み》えなくなった。

「もしかして、異界《いかい》に通《つう》じる空間《くうかん》だったりして……」

健太《けんた》が不安《ふあん》そうに言《い》う。

45分《ふん》ほど走《はし》ると、車両《しゃりょう》は音《おと》もなく止《と》まった。

窓《まど》の外《そと》の霧《きり》が、次第《しだい》に晴《は》れていく。

そこは、広《ひろ》い草原《そうげん》の中《なか》にポツンと立《た》つ、小《ちい》さな無人駅《むじんえき》だった。

ホームの看板《かんばん》には、はげかけた

ペンキで「きさらぎ」と書《か》かれている。

**「きさらぎ駅《えき》……！　ついに、目指《めざ》す場所《ばしょ》に着《つ》いたのですね！」**

尾狩刑事《おかるけいじ》はドアが開《ひら》くと、あわててホームに駆《か》け下《お》りた。

真実《しんじつ》たちもそれに続《つづ》く。

ホームは静《しず》けさに包《つつ》まれていた。

「都市伝説《としでんせつ》に出《で》てくる女《おんな》の人《ひと》は、このあと、線路《せんろ》にそって歩《ある》きはじめたんだよね？」

健太《けんた》が言《い》うと、尾狩刑事《おかるけいじ》はうなずいた。

「ええ。アリスのメッセージにも『線路《せんろ》にそって歩《ある》く』と書《か》かれていました。わたくしたちも同《おな》じようにしてみましょう」

●

真実《しんじつ》たちは線路《せんろ》にそって歩《ある》きはじめた。

草原《そうげん》の向《む》こうには、かすかに山々《やまやま》のシルエットが浮《う》かんでいる。

**「なんか変《へん》だな……この風景《ふうけい》、どこかで見《み》た気《き》がしない？」**

健太《けんた》がつぶやくと、美希《みき》もうなずいた。

「わたしもそう思《おも》ってたの。なんでだろう……？」

やがて……。

**ドンドンドンドン……チリーン、チリーン**

風《かぜ》に乗《の》って、遠《とお》くから太鼓《たいこ》や鈴《すず》の音《おと》が聞《き》こえはじめた。

健太《けんた》はあわてて真実《しんじつ》の背後《はいご》に駆《か》け寄《よ》る。

「やっぱりきさらぎ駅《えき》の都市伝説《としでんせつ》のとおりだ。……てことは、このまま進《すす》むと、『おーい、危《あぶ》ないから線路《せんろ》の上《うえ》を歩《ある》いちゃダメだよ』って声《こえ》がして、振《ふ》り向《む》くと、おじいさんが立《た》っていて、目《め》の前《まえ》で消《き》えちゃうんだ」

健太《けんた》がそう言《い》った次《つぎ》の瞬間《しゅんかん》。

「おーーーい」

背後《はいご》から声《こえ》がした。弱々《よわよわ》しく、しわがれた不気味《ぶきみ》な声《こえ》だった。

「うわあ！　やっぱり……！」

健太《けんた》は真《ま》っ青《さお》になり首《くび》をすくめた。だが、声《こえ》はそれだけではなかった。

「おーーい」

「おーーい」

「おーーい」

「おーーい」

「おーーい」

「おーーい」

「おーーい」

「おーーい」

「おーーーい」

なんと、無数《むすう》のしわがれた声《こえ》が、健太《けんた》たちの背後《はいご》から聞《き》こえるではないか。

「ひいいいい！」

両手《りょうて》で耳《みみ》をおさえ、震《ふる》えあがる健太《けんた》。

「落《お》ち着いてください。落《お》ち着いて……！　どんな相手《あいて》だって、目《め》を見《み》て話《はな》し合《あ》えば、心《こころ》が通《つう》じ合《あ》うはずであります！」

そう言《い》う尾狩刑事《おかるけいじ》は、両手《りょうて》で目《め》をふさいでいる。

美希《みき》も恐怖《きょうふ》で固《かた》まり、振《ふ》り返《かえ》るどころではなかった。

そんななか、真実《しんじつ》の落《お》ち着いた声《こえ》が響《ひび》いた。

「みんなも振《ふ》り向《む》いて見《み》てごらん。なかなか壮観《そうかん》だよ」

「え!?」

健太《けんた》が顔《かお》を上《あ》げると、涼《すず》しい顔《かお》で背後《はいご》を見渡《みわた》している真実《しんじつ》の顔《かお》があった。

「真実《しんじつ》くんが大丈夫《だいじょうぶ》なら……みんな、勇気《ゆうき》を出《だ》して振《ふ》り向《む》くよ。せーのっ！」

健太《けんた》の掛《か》け声《ごえ》で、美希《みき》と尾狩刑事《おかるけいじ》は一緒《いっしょ》に振《ふ》り向《む》いた。

すると、そこには……。

無数《むすう》のおじいさんが、ジッとこちらを見《み》つめて立《た》っていたのである。

**「あああ！こんなの聞《き》いてないよ〜〜！」**

再《ふたた》び悲鳴《ひめい》をあげる健太《けんた》。

すると、無数《むすう》のおじいさんたちは声《こえ》をそろえて言《い》った。

「危《あぶ》ないから線路《せんろ》の上《うえ》を歩《ある》いちゃダメだよ〜〜」

そして次《つぎ》の瞬間《しゅんかん》、おじいさんたちは、フッと姿《すがた》を消《け》した。

尾狩刑事《おかるけいじ》は思《おも》わず息《いき》をのむ。

「これは……どういうことでありますか!?　実《じつ》に不可思議《ふかしぎ》であります！」

「真実《しんじつ》くん、引《ひ》き返《かえ》そうよ！　こんなことが起《お》きるなんて、ここは絶対《ぜったい》に異界《いかい》だよ！」

健太《けんた》が叫《さけ》ぶと、真実《しんじつ》は顔色《かおいろ》ひとつ変《か》えずに答《こた》えた。

「落《お》ち着《つ》いて。きっと何《なに》かトリックがあるはずだよ」

そう言《い》うと真実《しんじつ》は、おじいさんが立《た》っていた場所《ばしょ》に向《む》かって歩《ある》きだした。

「わわわ！　ちょっと待《ま》ってよ、真実《しんじつ》くん！」

健太《けんた》があわてて真実《しんじつ》の背中《せなか》にへばりつく。

尾狩刑事《おかるけいじ》と美希《みき》も、その後《あと》に続《つづ》いた。

やがて、立《た》ち止《ど》まった真実《しんじつ》がつぶやく。

「なるほど、こういうことか」

健太《けんた》たちが背中《せなか》から顔《かお》を出《だ》してのぞくと、草《くさ》むらに大《おお》きな透明《とうめい》の板《いた》が立《た》っていた。

その板《いた》には、黒《くろ》い人影《ひとかげ》が描《えが》かれている。

「もしかして……それがおじいさんの正体《しょうたい》？」

健太《けんた》が聞《き》くと、真実《しんじつ》はうなずいた。

**「ああ。角度《かくど》によって、違《ちが》う絵《え》が見《み》えるのさ」**

そう言《い》って、板《いた》の角度《かくど》を少《すこ》し変《か》えると……描《えが》かれていた黒《くろ》い人影《ひとかげ》が消《き》え、さっきのおじいさんの絵《え》が現《あらわ》れた。

美希《みき》がポンと手《て》を打《う》ち、声《こえ》をあげる。

「そっか！　こういうの見《み》たことある！　絵《え》ハガキとかシールであるよね！」

「そう。これはレンチキュラー構造《こうぞう》といってね。板《いた》の表《おもて》に、細《こま》かいかまぼこ形《がた》の凸凹《でこぼこ》がついているんだ。そして裏側《うらがわ》には、黒《くろ》い人影《ひとかげ》とおじいさん、２枚《まい》の絵《え》を細《ほそ》く切《き》って、交互《こうご》に並《なら》べたものが貼《は》られている」

「なるほどです！」

板《いた》の凸凹《でこぼこ》をジッと見《み》ていた尾狩刑事《おかるけいじ》が声《こえ》をあげた。

## レンチキュラーのトリック

**1** おじいさんの絵《え》と黒《くろ》い人影《ひとかげ》を交互《こうご》に並《なら》べたものを、
レンチキュラーの板《いた》の裏側《うらがわ》に貼《は》りつける

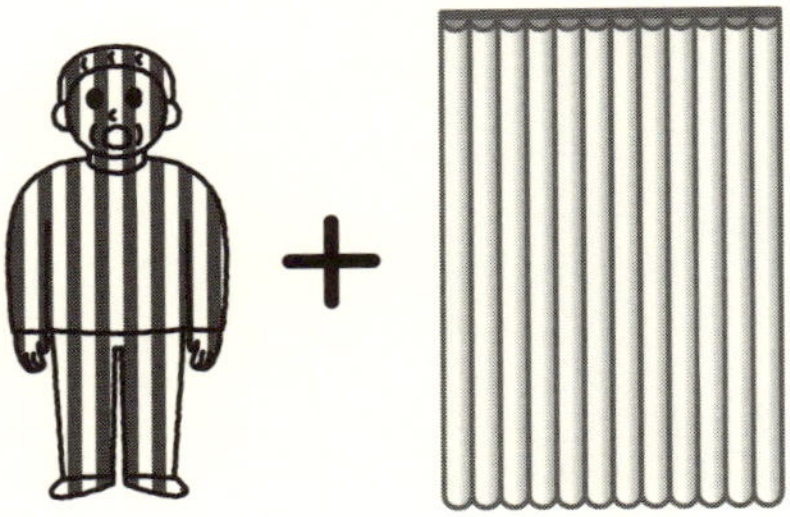

**2** 板《いた》を回転《かいてん》する台《だい》に
とりつける

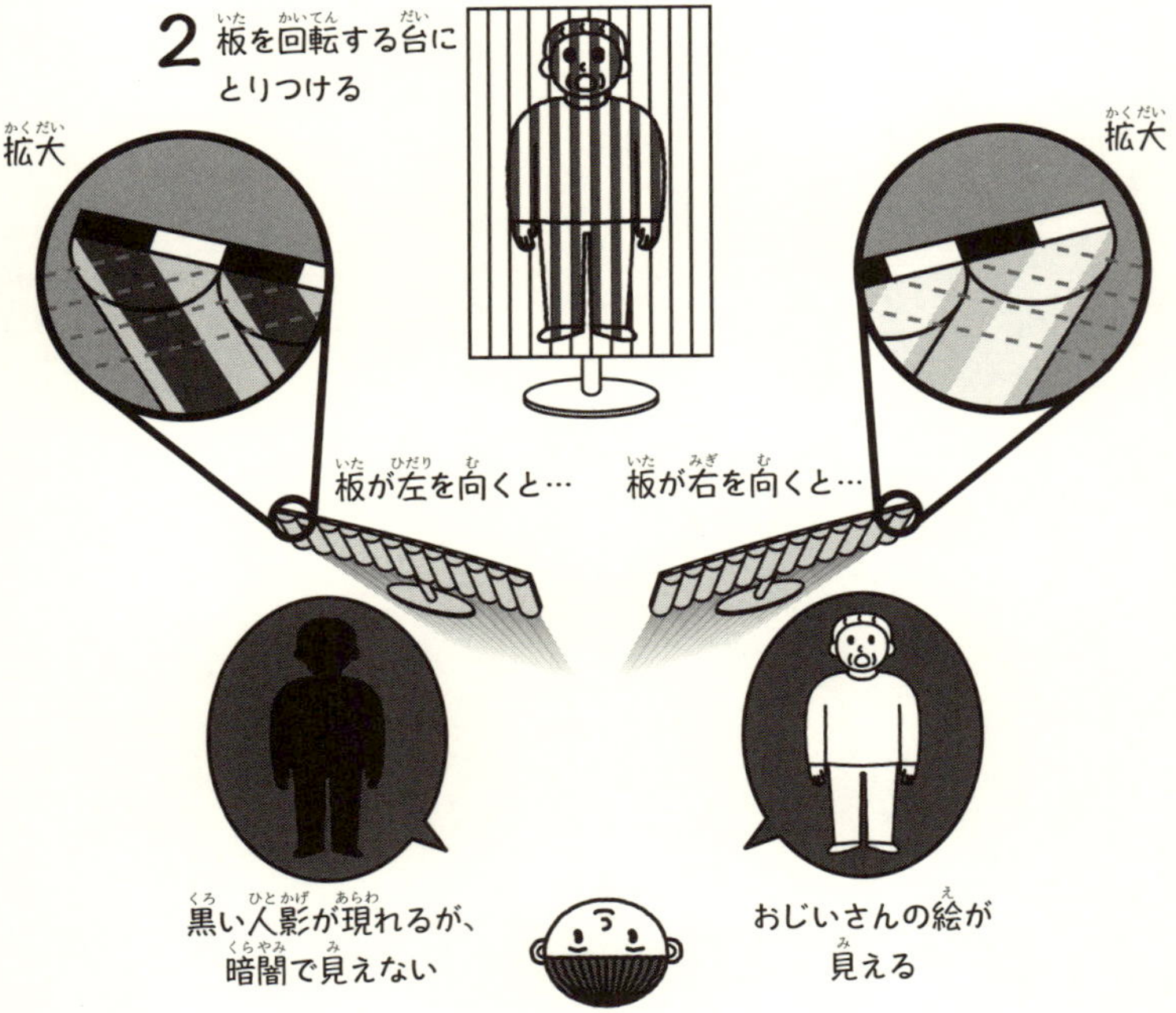

「この凸凹《でこぼこ》がレンズの働《はたら》きをしてるんですね。レンズは光《ひかり》が進《すす》む方向《ほうこう》を変《か》えます。だから、レンズの後《うし》ろにある片方《かたほう》の絵《え》は右《みぎ》から、もう片方《かたほう》の絵《え》は左《ひだり》から見《み》えるようになる」

「そのとおり」

そう言《い》って、真実《しんじつ》は板《いた》のうしろを指《ゆび》さした。

「ほら、この板《いた》は回転《かいてん》する台《だい》に取《と》りつけられている。おそらく、この台《だい》を離《はな》れた場所《ばしょ》から操《そう》作《さ》して、板《いた》の角度《かくど》を変《か》えていたんだ。黒《くろ》い人影《ひとかげ》の絵《え》は暗闇《くらやみ》では見《み》えにくい。だからおじいさんが現《あらわ》れたり、消《き》えたりしたように見《み》えたのさ」

「そうだったのか！　じゃあ、やっぱりここは異界《いかい》じゃないってこと!?」

健太《けんた》の言葉《ことば》に、真実《しんじつ》は「もちろん」とうなずいてみせた。

「遠《とお》くから聞《き》こえる太鼓《たいこ》や鈴《すず》の音《おと》も、スピーカーで流《なが》しているんだろう。これはきっと、ここまで来《き》た子《こ》どもたちを試《ため》す、最後《さいご》のテストだよ」

そう言《い》って真実《しんじつ》は、線路《せんろ》の先《さき》を見《み》つめた。

その視線《しせん》の先《さき》にトンネルが見《み》える。

「あのトンネルの向《む》こうに、すべてのナゾを解《と》く答《こた》えがあるはずだ」

真実《しんじつ》の言葉《ことば》に、尾狩刑事《おかるけいじ》はギュッと手《て》のひらを握《にぎ》りしめた。

「アリスはこんなメッセージも残《のこ》しています。トンネルを出《で》ると親切《しんせつ》な人《ひと》がいて、目指《めざ》す場所《しょ》まで送《おく》ってもらうことになった……つまり、トンネルの向《む》こうに、アリスや子《こ》どもたちを連《つ》れ去《さ》った、神《かみ》の使《つか》いか、その仲間《なかま》がいるということです」

「いよいよだね……！」

美希《みき》がつぶやくと、真実《しんじつ》は静《しず》かに、だが力強《ちからづよ》く言《い》った。

「行《い》こう。トンネルの向《む》こうへ」

●

長《なが》く、暗《くら》いトンネルの中《なか》を進《すす》む真実《しんじつ》たち。

やがて、トンネルの出口《でぐち》に、ぼんやりとした人影《ひとかげ》が見《み》えた。

健太《けんた》が目《め》を細《ほそ》めて言《い》う。

「もしかして、あれが神《かみ》の使《つか》い……!?」

そのシルエットは小柄《こがら》で、女性《じょせい》のように見《み》えた。

尾狩刑事《おかるけいじ》が立《た》ち止《ど》まり、声《こえ》をかける。

「わたくしは花森警察署《はなもりけいさつしょ》の尾狩《おかる》と申《もう》します。失礼《しつれい》ですが、あなたはどちら様《さま》ですか？」

そのとき、雲《くも》が流《なが》れ、月《つき》の光《ひかり》が出口《でぐち》に立《た》つ人物《じんぶつ》を照《て》らし出《だ》した。

白《しろ》いヘアバンドに、意志《いし》の強《つよ》そうなまなざし。

それは、尾狩刑事《おかるけいじ》が捜《さが》し続《つづ》けていた妹《いもうと》、アリスだった。


**「アリス⁉　アリスなの⁉」**


尾狩刑事《おかるけいじ》は一目散《いちもくさん》にアリスに駆《か》け寄《よ》ると、力《ちから》いっぱい抱《だ》きしめた。

「会《あ》いたかった……！　アリス……無事《ぶじ》でよかった……！」


**「……お姉《ねえ》ちゃん。ありがとう、ここまで来《き》てくれて」**


そこまで言《い》うと、アリスは尾狩刑事《おかるけいじ》の耳元《みみもと》でささやいた。

「……お願《ねが》い。今《いま》すぐ引《ひ》き返《かえ》して。これは罠《わな》だよ」

尾狩刑事《おかるけいじ》はハッと顔《かお》を上《あ》げ、アリスの目《め》を見《み》つめた。

「……罠《わな》？　それはいったいどういう意味《いみ》ですか!?」

アリスはくちびるを噛《か》みしめると、小声《こごえ》でつぶやいた。

「……この先《さき》に、あの人《ひと》たちが待《ま》ち構《かま》えてる……」

「あの人《ひと》たち……!?」

そのとき、どこからか、不気味《ぶきみ》な声《こえ》が響《ひび》いた。


**「余計《よけい》なおしゃべりはそこまでだ、アリスくん」**


機械《きかい》で声《こえ》を変《か》えているのだろう、キンキンと耳《みみ》ざわりな声《こえ》だった。

「いったい誰《だれ》でありますか!?」

素早《すばや》くあたりを見回《みまわ》す尾狩刑事《おかるけいじ》。

「フフフフフ……」

不気味《ぶきみ》な笑《わら》い声《ごえ》が響《ひび》く。見《み》ると、アリスの手首《てくび》にはめられた鉄製《てっせい》の腕輪《うでわ》のランプが、音声《おんせい》に合《あ》わせ、赤《あか》く点滅《てんめつ》していた。

「自己紹介《じこしょうかい》をさせてもらおう。わたしは神《かみ》の使《つか》いだ」

その言葉《ことば》に、健太《けんた》は息《いき》をのんだ。

「神《かみ》の使《つか》い……！」

「ここへ来《き》た子《こ》どもたちは、全員《ぜんいん》この腕輪《うでわ》で管理《かんり》している。どこで何《なに》をしているのか、何《なに》を話《はな》しているのか、すべてわかるようにね。おかげでみんないい子《こ》にしているよ。ルールを破《やぶ》ると、罰《ばつ》として腕輪《うでわ》から電流《でんりゅう》が流《なが》れるしくみだからね」

「アリス……それは本当《ほんとう》なんですか……!?」

アリスがうなずくと、再《ふたた》び腕輪《うでわ》のランプが点滅《てんめつ》した。

「ここまでたどり着《つ》いた褒美《ほうび》に、きみたちをわたしの屋敷《やしき》に招待《しょうたい》しよう。アリスくんについてくるといい」

「ダメ！　来《き》たら、お姉《ねえ》ちゃんたちまで……」

アリスが言《い》いかけると、ピピピピ！と、腕輪《うでわ》のランプが激《はげ》しく点滅《てんめつ》をはじめた。

「アリスくん。電流《でんりゅう》を流《なが》してほしいのかね？　余計《よけい》なおしゃべりは禁止《きんし》だと、さっきも言《い》ったはずだ」

ハッとアリスが口《くち》をつぐむと、ランプの点滅《てんめつ》は止《と》まった。

尾狩刑事《おかるけいじ》が声《こえ》を震《ふる》わせて言《い》う。

「アリス、神《かみ》の使《つか》いの屋敷《やしき》へ案内《あんない》してください。必《かなら》ずあなたを自由《じゆう》にしてみせます！」

真実《しんじつ》もアリスの目《め》をまっすぐ見《み》つめて言《い》った
「案内《あんない》してほしい。そこにほかの子《こ》たちもいるはずだ」

「……………」

アリスは少《すこ》しの間考《あいだかんが》えると、決意《けつい》したようにうなずいた。

夜《よる》の闇《やみ》に、神《かみ》の使《つか》いの声《こえ》が響《ひび》く。

「フフフフ……それでは、待《ま》っているよ」

●

15分《ふん》ほど山道《やまみち》を登《のぼ》ると、木々《きぎ》の間《あいだ》に、古《ふる》くて大《おお》きな屋敷《やしき》が見《み》えてきた。

周《まわ》りを高《たか》い鉄《てつ》の柵《さく》に囲《かこ》まれている。

その柵《さく》には「感電注意《かんでんちゅうい》」の看板《かんばん》が取《と》りつけられていた。

「みなさんをお連《つ》れしました」

巨大《きょだい》な鉄《てつ》の門《もん》の前《まえ》でアリスが言《い》うと、門《もん》が自動《じどう》で開《ひら》いた。

「……周囲《しゅうい》には電流《でんりゅう》が流《なが》れる鉄《てつ》の柵《さく》。門《もん》の開《あ》け閉《し》めは、神《かみ》の使《つか》いじゃないとできないようですね」

門《もん》をくぐりながら尾狩刑事《おかるけいじ》がささやくと、真実《しんじつ》はだまってうなずいた。

アリスの後《あと》について、屋敷《やしき》の中《なか》に足《あし》を踏《ふ》み入《い》れる一同《いちどう》。

建物《たてもの》は古《ふる》いが、中《なか》はきれいに整《ととの》えられていた。

長《なが》い廊下《ろうか》のつきあたりの部屋《へや》の前《まえ》でアリスは止《と》まった。

「この中《なか》で、神《かみ》の使《つか》いがお待《ま》ちです」

尾狩刑事《おかるけいじ》がゴクリとつばをのみ込《こ》む。

「神《かみ》の使《つか》い……いったい何者《なにもの》なの……!?」

アリスがノブを回《まわ》し、ドアを開《あ》ける。

ギイィィィ。

扉《とびら》の向《む》こうに立《た》っていたのは……。
白髪《しらが》で眼鏡《めがね》をかけた初老《しょろう》の男性《だんせい》と、優《やさ》しそうな笑顔《えがお》の女性《じょせい》。
それは、真実《しんじつ》たちがよく知《し》る人物《じんぶつ》だった。

「ようこそ、尾狩刑事《おかるけいじ》。そして真実《しんじつ》くんたち」

「マスター!? それに詩子《うたこ》さん!? あなたたちが神《かみ》の使《つか》い!?」

尾狩刑事《おかるけいじ》が驚《おどろ》きの声《こえ》をあげる。

マスターたちは不敵《ふてき》な笑《え》みを浮《う》かべた。

「そのとおり。『予言《よげん》の書《しょ》』を作《つく》ったのはわたしたちだ。それを世界科学《せかいかがく》コンクールに入賞《にゅうしょう》

した子《こ》どもたちに配《くば》り、ナゾを解《と》かせていたのさ」

「そんな、まさか……」

驚《おどろ》き、言葉《ことば》を失《うしな》う尾狩刑事《おかるけいじ》。だが、真実《しんじつ》の反応《はんのう》は違《ちが》った。

「やはり、あなたたちだったんですね。そうかもしれないと思《おも》っていたんです」

その言葉《ことば》にマスターは目《め》を細《ほそ》めた。

「ほう、その理由《りゆう》を聞《き》かせてくれるかね？」

「喫茶店《きっさてん》の壁《かべ》に飾《かざ》られていた写真《しゃしん》です。きさらぎ駅《えき》から歩《ある》いているときに気《き》がついたんです。あの写真《しゃしん》に写《うつ》っていたのは、ここの風景《ふうけい》だと」

真実《しんじつ》の言葉《ことば》に、思《おも》わず健太《けんた》が声《こえ》をあげる。

「そうか、だからどこかであの景色《けしき》を見《み》た気《き》がしたのか！」

「そして、もうひとつ」

そう言《い》って真実《しんじつ》が取《と》り出《だ》したのは、ちぎれたロープだった。

「廃校《はいこう》があった島《しま》……水神島《みずかみじま》の崖《がけ》の上《うえ》で拾《ひろ》ったんです。あのとき、あなたたちは崖《がけ》から消《き》えたように見《み》せかけ、おそらく、用意《ようい》していたこのロープで崖《がけ》の下《した》に降《お》り、岩《いわ》かげに隠《かく》れていたんだ。このロープを調《しら》べたら、コーヒー豆《まめ》を入《い》れる麻袋《あさぶくろ》の布《ぬの》を束《たば》ねて作《つく》られていました。それで、もしや……と思《おも》っていたんです」

「なるほど。思《おも》っていたとおりの推理力《すいりりょく》だ」

そこまで言《い》うと、マスターと妻《つま》の顔《かお》から笑《え》みが消《き》えた。

「放《ほう》っておけば、必《かなら》ずやわたしたちの計画《けいかく》のじゃまになる。そう考《かんが》え、ここまでおびき寄《よ》せたのは正解《せいかい》だったようだ。悪《わる》いが、元《もと》の世界《せかい》に帰《かえ》すわけにはいかない。この屋敷《やしき》で、わたしたちの計画《けいかく》を手伝《てつだ》ってもらうよ」

「**計画《けいかく》……!?**」

尾狩刑事《おかるけいじ》が眉《まゆ》をひそめると、マスターは両手《りょうて》を大《おお》きく広《ひろ》げた。

「科学《かがく》にくわしい、優秀《ゆうしゅう》な子《こ》どもたちを集《あつ》めて何《なに》をしていると思《おも》う？　世界中《せかいじゅう》の都市伝説《としでんせつ》を研究《けんきゅう》させているのさ。ある『大切《たいせつ》なもの』を見《み》つけるためにね」

マスターの言葉《ことば》に、健太《けんた》が声《こえ》をあげる。

「『大切《たいせつ》なもの』？　それっていったい何《なん》なの!?」

「それは……ときがくればわかることだ」

そう言《い》うと、マスターは机《つくえ》の上《うえ》に置《お》かれた金属製《きんぞくせい》のケースのフタを開《ひら》いた。

その中《なか》には四《よっ》つの腕輪《うでわ》が入《はい》っていた。

次《つぎ》の瞬間《しゅんかん》、部屋《へや》の扉《とびら》が開《ひら》き、7人《にん》の子《こ》どもたちが入《はい》ってきた。

みんなアリスと同《おな》じ年《とし》ごろで、手首《てくび》に腕輪《うでわ》をはめている。

「子《こ》どもたちよ。新《あたら》しい仲間《なかま》だ。彼《かれ》らを捕《と》らえ、この腕輪《うでわ》をはめるのだ」

マスターの言葉《ことば》に子《こ》どもたちは動揺《どうよう》し、顔《かお》を見合《みあ》わせた。

「腕輪《うでわ》をはめた者《もの》は、毎日《まいにち》の作業量《さぎょうりょう》を減《へ》らしてやろう。さあ、やるのだ！」

「…………！」

ひとりの子《こ》がケースの中《なか》の腕輪《うでわ》を手《て》に取《と》った。

やがて、ひとり、またひとりと、残《のこ》りの子《こ》たちも腕輪《うでわ》を取《と》りはじめる。

**「みんなやめて！」**

アリスは両手《りょうて》を広《ひろ》げ、子《こ》どもたちの前《まえ》に飛《と》び出《だ》した。

「こんなことをするために、ここまで来《き》たんじゃないでしょ!?」

だが、子《こ》どもたちはジリジリと真実《しんじつ》たちに近《ちか》づいていく。

腕輪《うでわ》を手《て》にした男《おとこ》の子《こ》が泣《な》きそうな顔《かお》をして叫《さけ》ぶ。

**「……どいてくれ。もう耐《た》えられない……少《すこ》しでも楽《らく》になりたいんだ……」**

だが、アリスは引《ひ》き下《さ》がらない。

「あきらめちゃダメ！　わたしたちの武器《ぶき》は科学《かがく》の知識《ちしき》でしょ⁉　力《ちから》を合《あ》わせれば、いつかきっとここから逃《に》げ出《だ》せるから！　それまで我慢《がまん》して……！」

アリスの言葉《ことば》に足《あし》を止《と》め、とまどう子《こ》どもたち。

その様子《ようす》にマスターは声《こえ》を荒《あら》らげた。

**「電流《でんりゅう》を流《なが》されたいのか⁉　やつらを捕《と》らえるんだ！」**

そう言《い》うとスマホを取《と》り出《だ》し、電流《でんりゅう》を流《なが》すスイッチの画面《がめん》を立《た》ち上《あ》げた。

「でも……」

子《こ》どもたちは恐怖《きょうふ》に身《み》をすくめる。

**「早《はや》くするんだ！　スイッチを押《お》すぞ！」**

マスターの指先《ゆびさき》がスマホの画面《がめん》にのびる。

「やめて！　マスター‼」

「お願《ねが》いやめて！」

健太《けんた》と美希《みき》が口々《くちぐち》に叫《さけ》ぶ。

だが、マスターの指先《ゆびさき》は止《と》まらず、スマホの画面《がめん》へと近《ちか》づいていく。

そのとき……。


**「ぼくは知《し》っています。あなたたちがずっと探《さが》している『大切《たいせつ》なもの』を」**


真実《しんじつ》の声《こえ》が響《ひび》いた。

マスターの指《ゆび》がピタリと止《と》まる。

「なんだと……!?」

真実《しんじつ》は、ポケットから古《ふる》い新聞記事《しんぶんきじ》を取《と》り出《だ》した。

「それは……？」

健太《けんた》が聞《き》くと、真実《しんじつ》はマスター夫婦《ふうふ》をまっすぐに見《み》つめて答《こた》えた。

「喫茶店《きっさてん》の壁《かべ》の、たくさんの写真《しゃしん》の下《した》に貼《は》られていたものです」

その記事《きじ》にはこう書《か》かれていた。

**『5歳《さい》の少年《しょうねん》、天野《あまの》ヶ淵《がふち》で行方《ゆくえ》不明《ふめい》。捜査《そうさ》打《う》ち切《き》り』**

「座標《ざひょう》の位置《いち》から考《かんが》えると天野《あまの》ヶ淵《がふち》はこの近《ちか》くです。あなたたちは以前《いぜん》、この屋敷《やしき》に住《す》んでいたんじゃないですか？　そして、この地《ち》で行方《ゆくえ》不明《ふめい》になってしまった子《こ》を、今《いま》も捜《さが》し続《つづ》けている。違《ちが》いますか？」

真実《しんじつ》は、そう言《い》いながらマスターの妻《つま》に新聞《しんぶん》記事《きじ》を手渡《てわた》した。

健太《けんた》がハッとしてつぶやく。

「もしかして、喫茶店《きっさてん》に飾《かざ》ってあった男《おとこ》の子《こ》の写真《しゃしん》って……」

**「ああ……和也《かずや》……」**

記事《きじ》を見《み》つめていたマスターの妻《つま》は両手《りょうて》で顔《かお》を覆《おお》った。

「……警察《けいさつ》はわたしたちにこう言《い》ったわ。あの子《こ》は川《かわ》に流《なが》されてしまい、もう見《み》つからないと。だけど、わたしたちは信《しん》じ続《つづ》けてきたの、あの子《こ》は神隠《かみかく》しに遭《あ》い、今《いま》もどこかで元気《げんき》に生《い》きているはずだと……」

震《ふる》える妻《つま》の肩《かた》に手《て》を置《お》き、マスターは言葉《ことば》を続《つづ》けた。

「……そんなある日《ひ》、教《おそ》わったんだ。世界《せかい》には、神隠《かみかく》しに遭《あ》って、その後《ご》、発見《はっけん》された例《れい》がいくつもある。科学《かがく》にくわしい子《こ》どもたちを集《あつ》めて、都市伝説《としでんせつ》の研究《けんきゅう》をさせれば、あの子《こ》を見《み》つけることができるかもしれないと……それでわたしたちは……」

沈黙《ちんもく》が室内《しつない》を包《つつ》んだ。

やがて、尾狩刑事《おかるけいじ》が声《こえ》をあげた。

「……わたくしもアリスに会《あ》いたくて会《あ》いたくてたまらなかった。でも……こんなやり方《かた》は間違《まちが》ってます……！　子《こ》どもたちの笑顔《えがお》をうばったり、ほかの家族《かぞく》を悲《かな》しませるなんて……こんなことをしても、和也《かずや》くんは喜《よろこ》んでくれないと思《おも》います！」

その言葉《ことば》をかみしめるように、マスターたちは立《た》ちつくしていた。

やがて、真実《しんじつ》が一歩前《いっぽまえ》に進《すす》み、マスターに新聞記事《しんぶんきじ》を手渡《てわた》した。

「この記事《きじ》、勝手《かって》に持《も》ち出《だ》してすみませんでした。お返《かえ》しします」

マスターは記事《きじ》を見《み》つめると、力《ちから》なくひざをついた。

「……この記事《きじ》を認《みと》めたくなかった。認《みと》めてしまったら、あの子《こ》は二度《にど》と帰《かえ》ってこない……二度《にど》と笑顔《えがお》を見《み》られない……。そうしてわたしたちは現実《げんじつ》から目《め》を背《そむ》け、みんなにひどいことをしてしまったんだ……すまなかった……」

大粒《おおつぶ》の涙《なみだ》が、ポタリポタリと記事《きじ》の上《うえ》にこぼれ落《お》ちていく。

やがて、マスターはスマホの画面《がめん》に向《む》かって震《ふる》える指《ゆび》をのばした。

ピッ！

次《つぎ》の瞬間《しゅんかん》……ガチャリ、ガチャリと、子《こ》どもたちの手首《てくび》から、腕輪《うでわ》が外《はず》れはじめた。

わっ！と、子《こ》どもたちから歓声《かんせい》があがる。


**「マスター……ありがとう……」**

尾狩刑事《おかるけいじ》はそう言《い》うと、アリスの手《て》を取《と》り、ギュッと抱《だ》きしめた。

**「お姉《ねえ》ちゃん……！」**


アリスもまた、姉《あね》を強《つよ》く抱《だ》きしめた。

だが、真実《しんじつ》はまだ何《なに》かを考《かんが》えている様子《ようす》だった。

「ひとつ気《き》になることがあるんです。さっき、誰《だれ》かが教《おし》えてくれたと言《い》いましたね？　科学《かがく》にくわしい子《こ》どもたちを集《あつ》めろと……それはいったい誰《だれ》ですか？」

真実《しんじつ》の問《と》いに、マスターは涙《なみだ》をぬぐいながら答《こた》えた。

「……それは、あのお方《かた》だよ。わたしたちにアドバイスをくれて、必要《ひつよう》なものを何《なん》でも用意《ようい》してくれた。まるで神《かみ》のようなお方《かた》だ」

「神《かみ》……!?」

健太《けんた》が思《おも》わず息《いき》をのむ。そのときだった。

ブオン！

マスター夫婦《ふうふ》の背後《はいご》にある巨大《きょだい》なモニターに、映像《えいぞう》が映《うつ》し出《だ》された。

それは、ある人物《じんぶつ》のシルエットだ。

スピーカーから、低《ひく》く、重々《おもおも》しい声《こえ》が響《ひび》く。

「神《かみ》の使《つか》いたちよ。苦労《くろう》して集《あつ》めた優秀《ゆうしゅう》な子《こ》どもたちを、このまま逃《に》がそうというのか？」

マスターたちは姿勢《しせい》を正《ただ》し、モニターに頭《あたま》を下《さ》げた。

「はい……どうかお許《ゆる》しください……」

「わたしは今《いま》まで、おまえたちに助言《じょげん》を与《あた》え、望《のぞ》むものをすべて与《あた》えてきた。それはなぜかわかるかね？」

「それは……いつの日《ひ》か、わたしたちがあの子《こ》を見《み》つけられるように……」

シルエットの人物《じんぶつ》は、その言葉《ことば》を冷《つめ》たくさえぎった。

「残念《ざんねん》だがそうではない……教《おし》えてやろう。おまえたちが集《あつ》めた子《こ》どもたちを、すべてわたしのものにするためだよ。だから、子《こ》どもたちはひとり残《のこ》らずわたしがいただく！」

「なんだって……!?」

マスターが驚《おどろ》きの声《こえ》をあげるのと同時《どうじ》に、窓《まど》の外《そと》から爆音《ばくおん》が響《ひび》いた。

美希《みき》がカーテンの隙間《すきま》から外《そと》をのぞく。

**「ヘリコプターが近《ちか》づいてくる！」**

モニターを見《み》つめていた真実《しんじつ》がハッとする。

「もしかして、おまえは……！」

すると、シルエットの人物《じんぶつ》は体《からだ》を前《まえ》に乗《の》り出《だ》した。

ライトが当《あ》たり、その姿《すがた》があらわになる。

高級《こうきゅう》そうなグレーのスーツに身《み》を包《つつ》んだ男《おとこ》……その人物《じんぶつ》は不敵《ふてき》に笑《わら》った。

「フフフ……謎野《なぞの》真実《しんじつ》。まさかこの場所《ばしょ》におまえが姿《すがた》を現《あらわ》すとはな」

**「やはり……デビルホームズのリーダー……飯島善《いいじまぜん》！」**

「彼《かれ》は何者《なにもの》ですか⁉　デビルホームズとは何《なん》のことでありますか⁉」

尾狩刑事《おかるけいじ》の問《と》いかけに、真実《しんじつ》が答《こた》える。

「彼《かれ》はぼくが通《かよ》っていた、一流《いちりゅう》の探偵《たんてい》を育成《いくせい》するホームズ学園《がくえん》の元学園長《もとがくえんちょう》……。そしてデビルホームズは、科学《かがく》を悪用《あくよう》し、世界各地《せかいかくち》で怪奇現象《かいきげんしょう》を起《お》こしている、ホームズ学園《がくえん》の裏《うら》の存在《そんざい》です」

スピーカーから飯島善《いいじまぜん》の声《こえ》が響《ひび》く。

「真実《しんじつ》くん、キミはいくら誘《さそ》っても我々《われわれ》の仲間《なかま》になろうとしなかった。ならば、力《ちから》でねじふせ、仲間《なかま》にしてみせるまで。ここにいる子《こ》どもたちと一緒《いっしょ》に捕《と》らえ、デビルホームズの仲間《なかま》になれるよう、再教育《さいきょういく》をしてやろう！」

「飯島善《いいじまぜん》……あなたには、ここにいる誰《だれ》ひとり渡《わた》さない。絶対《ぜったい》にね」

そう言《い》うと真実《しんじつ》は、モニターの電源《でんげん》を引《ひ》き抜《ぬ》いた。

飯島善《いいじまぜん》の姿《すがた》がモニターから消《き》える。

**ババババババ!**

「ヘリコプターが庭《にわ》に着陸《ちゃくりく》した!」

美希《みき》の声《こえ》に窓《まど》の外《そと》をのぞくと、黒《くろ》い戦闘服《せんとうふく》に身《み》を包《つつ》んだ男《おとこ》たちが、ヘリコプターから次々《つぎつぎ》と降《お》りてくるところだった。

「デビルホームズの特殊部隊《とくしゅぶたい》だ」

真実《しんじつ》がつぶやくと、健太《けんた》が泣《な》きそうな声《こえ》をあげる。

「10人《にん》はいるよ! このままじゃ、みんな捕《つか》まっちゃうよ!」

真実《しんじつ》が見渡《みわた》すと、子《こ》どもたちは不安《ふあん》そうに体《からだ》を震《ふる》わせていた。

「大丈夫《だいじょうぶ》、科学《かがく》で解《と》けないナゾはない。ここから脱出《だっしゅつ》する方法《ほうほう》が必《かなら》ずあるはずだ」

そのとき、アリスが声《こえ》をあげた。

**「そうだ! わたしに考《かん》えがあります! この板《いた》を使《つか》うんです!」**

見《み》るとアリスは、大《おお》きな透明《とうめい》の板《いた》を持《も》っていた。

板《いた》の表面《ひょうめん》には、かまぼこ形《がた》の細《こま》かい凸凹《でこぼこ》がたくさんついている。

「それは……さっき、おじいさんの絵《え》が貼《は》られていた、レンチキュラー構造《こうぞう》の板《いた》ですね？」

尾狩刑事《おかるけいじ》が言《い》うと、真実《しんじつ》は人《ひと》さし指《ゆび》でクイッと眼鏡《めがね》を持《も》ち上《あ》げた。

「そうか、その手《て》があったか！」

追《お》っ手《て》が迫《せま》るなか、この透明《とうめい》な板《いた》を使《つか》って、真実《しんじつ》たちは何《なに》をしようというのか？

1・盾《たて》のかわりにして突破《とっぱ》する
2・残像《ざんぞう》を作《つく》り敵《てき》を惑《まど》わす
3・自分《じぶん》たちの姿《すがた》を消《け》す

# 解《かい》決《けつ》編《へん》

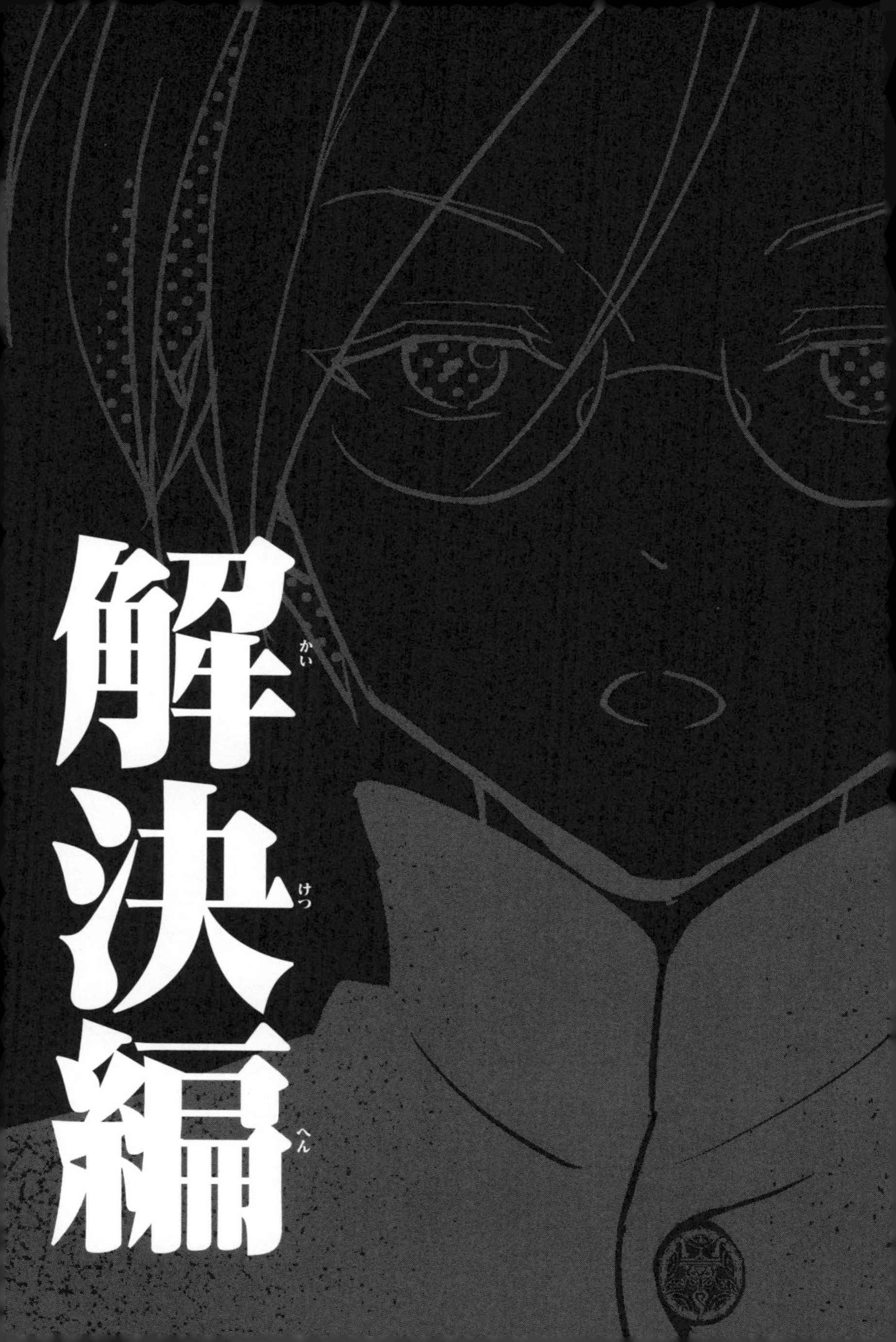

**「その透明《とうめい》な板《いた》を使《つか》ってどうするの⁉」**

健太《けんた》が聞《き》くと、真実《しんじつ》はアリスから板《いた》を受《う》け取《と》りながら言《い》った。

「こうするのさ」

真実《しんじつ》が体《からだ》の前《まえ》に板《いた》を置《お》いた瞬間《しゅんかん》……なんと、真実《しんじつ》の姿《すがた》が消《き》えたのである。

**「ええっ⁉　真実《しんじつ》くんが消《き》えた！」**

目《め》をパチクリさせ、健太《けんた》は何度《なんど》も見返《みかえ》す。

透明《とうめい》な板《いた》のうしろの、部屋《へや》の壁《かべ》はちゃんと見《み》えている。

真実《しんじつ》の姿《すがた》だけが、透明人間《とうめいにんげん》のように消《き》えてしまったのだ。

「いったいどうなってるの⁉」

美希《みき》も驚《おどろ》いて声《こえ》をあげた。

「すごいでしょ！　レンチキュラー構造《こうぞう》を使《つか》えばこんなこともできるんです！」

アリスが得意《とくい》げに説明《せつめい》をはじめる。

「かまぼこ形《がた》のレンズは光《ひかり》の方向《ほうこう》を変《か》える性質《せいしつ》があります。だから板《いた》のうしろにあるものは、光《ひかり》が広《ひろ》がって見《み》えてしまう、そのせいでぼやけて見《み》えなくなるんです」

しかし、健太《けんた》はまだ不思議《ふしぎ》そうな顔《かお》をしている。

「それなら、どうして真実《しんじつ》くんのうしろの壁《かべ》は消《き》えずに見《み》えるの？」

「それは、目《め》の錯覚《さっかく》みたいなものですね。本当《ほんとう》はうしろの壁《かべ》も、光《ひかり》が広《ひろ》がってぼやけているんです。でもほら、この壁《かべ》には模様《もよう》もないし、全体《ぜんたい》に同《おな》じ色《いろ》をしてるから、ぼやけても、光《ひかり》が重《かさ》なり合《あ》って元《もと》の壁《かべ》があるように見《み》えてしまうんです」

アリスの説明《せつめい》に、健太《けんた》は大《おお》きくうなずいた、

「なるほど！　ってことは、この板《いた》を使《つか》えば、みんなの姿《すがた》を消《け》せるわけだね！　それで、作《さく》戦《せん》は!?」

板《いた》のうしろから姿《すがた》を現《あらわ》した真実《しんじつ》がみんなを見渡《みわた》した。

**「ぼくに考《かんが》えがある」**

**バターーン！**

玄関《げんかん》のドアを蹴破《けやぶ》り、
戦闘服《せんとうふく》の男《おとこ》たちが屋敷《やしき》の中《なか》になだれ込《こ》んできた。
「やつらはまだ建物《たてもの》の中《なか》にいるはずだ。逃《に》がすな」
男《おとこ》たちは長《なが》い廊下《ろうか》に並《なら》んだドアを開《あ》け、
一部屋《ひとへや》ずつチェックしていく。

**「この部屋《へや》にはいない」**

**「こっちの部屋《へや》もだ」**

やがて、ひとりの男《おとこ》が何《なに》かに気《き》づいた。

**「一《いち》番《ばん》奥《おく》の部屋《へや》だ。子《こ》どもの声《こえ》がする」**

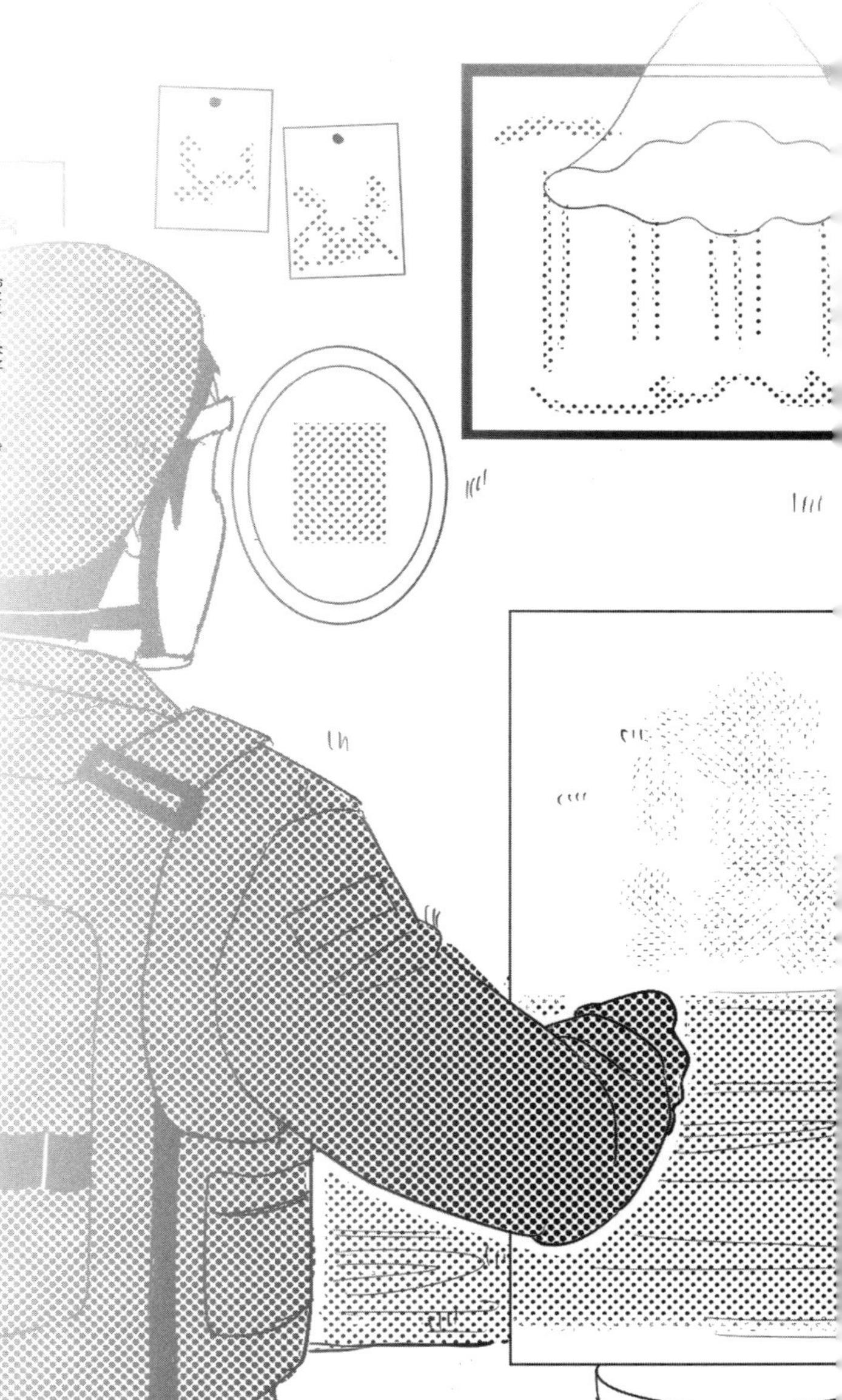

廊下《ろうか》を進《すす》み、奥《おく》の部屋《へや》の前《まえ》で耳《みみ》をそばだてた。

ドア越《ご》しに、室内《しつない》で言《い》い合《あ》う子《こ》どもたちの声《こえ》が聞《き》こえる。


「そんな作戦《さくせん》、絶対《ぜったい》ムリだよ！」

「大丈夫《だいじょうぶ》ですよ！　みんなで力《ちから》を合《あ》わせれば絶対《ぜったい》できます！」

「それより、早《はや》くしないと、やつらが来《き》ちゃうわよ！」


男《おとこ》たちはフフンと笑《わら》った。

「バカなやつらだ。逃《に》げもせずに、のんびり作戦会議《さくせんかいぎ》をしてやがる」

**「いいか、全員《ぜんいん》生《い》け捕《ど》りにするんだ」**

次《つぎ》の瞬間《しゅんかん》、男《おとこ》たちはドアを開《あ》け、部屋《へや》に駆《か》け込《こ》んだ。

だが、そこには予想外《よそうがい》の光景《こうけい》が広《ひろ》がっていた。

**「なにっ!?　誰《だれ》もいない!?」**

空《から》っぽの室内《しつない》に、子《こ》どもたちの声《こえ》だけが繰《く》り返《かえ》し響《ひび》いている。
机《つくえ》の引《ひ》き出《だ》しを開《あ》けると、中《なか》に小型《こがた》の録音機《ろくおんき》が置《お》かれていた。
声《こえ》はそこから流《なが》れていたのだ。

**「しまった！　やつらはとっくに部屋《へや》の外《そと》だ！」**

次《つぎ》の瞬間《しゅんかん》、ドアと窓《まど》の方向《ほうこう》から
ガ――ンという衝撃音《しょうげきおん》が響《ひび》いた。
男《おとこ》たちが叫《さけ》ぶ。

**「ドアを外《そと》からふさがれたぞ！」**

●

「今《いま》のうちに門《もん》の外《そと》へ逃《に》げるんだ！」

そう叫《さけ》びながら健太《けんた》たちが屋敷《やしき》から飛《と》び出《だ》してくる。

捕《と》らえられていた子《こ》どもたち、マスター夫婦《ふうふ》も一緒《いっしょ》だ。

「あいつら、ぼくらが隠《かく》れていた部屋《へや》ものぞいたのに、まったく気《き》がつかなかったね」

健太《けんた》が言《い》うと、美希《みき》がうなずく。

「レンチキュラーの板《いた》のおかげだね！　さすがアリスさん！」

「いえいえ。録音機《ろくおんき》を使《つか》って、わたしたちが奥《おく》の部屋《へや》にいると思《おも》わせた、真実《しんじつ》さんの作戦《さくせん》のおかげです！」

アリスは照《て》れて、顔《かお》の前《まえ》でパタパタと手《て》を振《ふ》った。

巨大《きょだい》な鉄《てつ》の門《もん》の前《まえ》にたどり着《つ》くと、庭《にわ》から駆《か》けてきた真実《しんじつ》が合流《ごうりゅう》した。

「やつらのヘリコプターのキーを抜《ぬ》いてきた。これでヘリは使《つか》えないはずだ」

「さあ、マスター！　最後《さいご》はあなたの番《ばん》です。門《もん》の扉《とびら》を開《あ》けてください」

尾狩刑事《おかるけいじ》の言葉《ことば》にうなずくマスター。

しかし、次《つぎ》の瞬間《しゅんかん》、顔色《かおいろ》が変《か》わった。

「ない……スマホがない!!　あのスマホがなければ門《もん》は開《あ》けられないんだ！　もしかして屋敷《やしき》の中《なか》に落《お》としてきたかもしれない……！」

あわてて屋敷《やしき》へ引《ひ》き返《かえ》そうとするマスター。

その腕《うで》を真実《しんじつ》がグッとおさえる。

「まだやつらがいます。屋敷《やしき》に戻《もど》ったら危険《きけん》です」

健太《けんた》がうろたえ、あわてて叫《さけ》ぶ。

「そんな……周《まわ》りを囲《かこ》んでいる柵《さく》には電流《でんりゅう》が流《なが》れてるんだよ!?　門《もん》が開《ひら》かなかったら外《そと》に出《で》られないよ！」

そのとき、マスターが思《おも》い出《だ》したようにつぶやいた。

「そういえば……門《もん》の外《そと》に電源室《でんげんしつ》があったはずだ。あそこの電源《でんげん》スイッチを切《き》れば、柵《さく》に流《なが》れる電流《でんりゅう》を止《と》め、ドアのロックも解除《かいじょ》することができる」

見《み》ると、柵《さく》の外《そと》に小《ちい》さな小屋《こや》が立《た》っていた。

「でも、どうやってあそこまで行《い》くの!?」

健太《けんた》が言《い》うと、真実《しんじつ》は5メートルほどある高《たか》い鉄《てつ》の柵《さく》を見上《みあ》げた。

鉄《てつ》の柱《はしら》の間《あいだ》に、何本《なんぼん》もの太《ふと》いワイヤーが張《は》られている。

**「ひとつだけ方法《ほうほう》がある、この柵《さく》を登《のぼ》るんだ」**

真実《しんじつ》の言葉《ことば》に、マスター夫婦《ふうふ》は顔《かお》を見合《みあ》わせた。

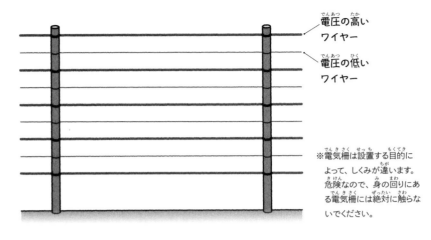

※電気柵《でんきさく》は設置《せっち》する目的《もくてき》によって、しくみが違《ちが》います。危険《きけん》なので、身《み》の回《まわ》りにある電気柵《でんきさく》には絶対《ぜったい》に触《さわ》らないでください。

**「そんなことは無理《むり》だ……危険《きけん》すぎる……！」**

「そうかもしれません。でも、この方法《ほうほう》に賭《か》けるしかない」

そう言《い》うと、真実《しんじつ》は地面《じめん》に図《ず》を描《か》いてみせた。

「この柵《さく》には、『高《たか》い電圧《でんあつ》がかかって多《おお》くの電流《でんりゅう》が流《なが》れているワイヤー』と、『低《ひく》い電圧《でんあつ》がかかって少《すく》ない電流《でんりゅう》が流《なが》れているワイヤー』が交互《こうご》に張《は》られているはずだ」

その説明《せつめい》に美希《みき》は首《くび》をかしげる。

「高《たか》い電圧《でんあつ》と低《ひく》い電圧《でんあつ》が交互《こうご》に？　いったいどうして？」

「電流《でんりゅう》は電圧《でんあつ》が高《たか》いほうから低《ひく》いほうへ流《なが》れる。今《いま》はふたつのワイヤーはつながっていないけれど、もしふたつのワイヤーに同時《どうじ》に触《さわ》ってしまうと……」

アリスがポンと手《て》を打《う》つ。

「そっか！　人《ひと》の体《からだ》を通《とお》って、電圧《でんあつ》の高《たか》いワイヤーから、低《ひく》いワイヤーへと電流《でんりゅう》が流《なが》れてしまうわけですね。逆《ぎゃく》に言《い》えば、どちらか片方《かたほう》のワイヤーだけに触《さわ》っていれば、感電《かんでん》する心配《しんぱい》はない！」

「そう。危険《きけん》だけど、一本《いっぽん》とばしで片方《かたほう》のワイヤーだけを使《つか》って柵《さく》を登《のぼ》れば……」

**「わたくしが行《い》きます！」**

真実《しんじつ》の言葉《ことば》をさえぎり、前《まえ》に出《で》たのは尾狩刑事《おかるけいじ》だった。

「わたくしの超人的《ちょうじんてき》な運動神経《うんどうしんけい》をもってすれば、そんなことは簡単《かんたん》です！」

「でも、お姉《ねえ》ちゃん……！」

アリスが心配《しんぱい》そうに声《こえ》をあげる。

そのとき、屋敷《やしき》のほうから男《おとこ》たちの声《こえ》が響《ひび》いた。

**「やつら、外《そと》へ逃《に》げたぞ！　早《はや》く追《お》え！」**

「グズグズしてるヒマはないようです。わたくし、行《い》きます！」

そう言《い》うと、尾狩刑事《おかるけいじ》は柵《さく》の前《まえ》に立《た》ち、ワイヤーをグッと握《にぎ》った。

「なるほどです！　ワイヤーを一本《いっぽん》だけ握《にぎ》っても、ビリビリしません！」

「交互《こうご》だからね！　手《て》も足《あし》も、ワイヤーを一本《いっぽん》とばしで進《すす》むんだよ！」

健太《けんた》が声援《せいえん》を送《おく》る。

「えーと……どっちでありますか!?　こっち!?」

「お姉《ねえ》ちゃん、違《ちが》うよ！　もうひとつ上《うえ》！」

みんなの声援《せいえん》が響《ひび》くなか、尾狩刑事《おかるけいじ》は一本《いっぽん》とばしでワイヤーをつかみ、あっという間《ま》に柵《さく》のてっぺんまで登《のぼ》った。

**「いたぞ！　あそこだ！」**

屋敷《やしき》の玄関《げんかん》から男《おとこ》たちが走《はし》り出《で》てくる。

**「お姉《ねえ》ちゃん、急《いそ》いで！」**

アリスの声《こえ》が響《ひび》くやいなや、尾狩刑事《おかるけいじ》は
5メートルの高《たか》さから華麗《かれい》に飛《と》んだ。

「てやーーっ！」

枯《か》れ葉《は》の上《うえ》に転《ころ》がりながら着地《ちゃくち》すると、電源室《でんげんしつ》へと駆《か》け込《こ》む。

「電源《でんげん》スイッチありました！　電源《でんげん》を切《き》るであります！」

**ガチャッ！**

レバーを下《さ》げると、鉄《てつ》の柵《さく》の上《うえ》で光《ひか》っていたランプが消《き》え、門《もん》の扉《とびら》からゴゴンという音《おと》が響《ひび》いた。

**「電流《でんりゅう》が止《と》まった！　門《もん》のロックが外《はず》れたぞ！　今《いま》だ！」**

マスターの合図《あいず》でみんなは扉《とびら》を押《お》し開《ひら》き、細《ほそ》い隙間《すきま》をくぐり抜《ぬ》けた。

「待《ま》て――！　きさまら！」

男《おとこ》たちが眼前《がんぜん》まで迫《せま》る。

「お姉《ねえ》ちゃん、スイッチを戻《もど》して！」

アリスが叫《さけ》ぶのと、みんなが扉《とびら》を閉《し》めるのが同時《どうじ》だった。

**ゴゴーーン！　ガチャリ！**

「ここを開《あ》けろ――っ！」

扉《とびら》の向《む》こうで男《おとこ》たちのくやしそうな声《こえ》が響《ひび》く。

「柵《さく》の電流《でんりゅう》も戻《もど》った。これでやつらは外《そと》に出《で》られんよ」

マスターがホッと息《いき》をつくと、真実《しんじつ》が言《い》った。

「さあ、先《さき》を急《いそ》ぎましょう」

●

トンネルの中《なか》を走《はし》る真実《しんじつ》たち。

そしてトンネルを抜《ぬ》けると……上空《じょうくう》に巨大《きょだい》なヘリコプターが姿《すがた》を現《あらわ》した。

機体《きたい》のドアが開《ひら》き、飯島善《いいじまぜん》が姿《すがた》を現《あらわ》す。

**「フフフ……さすがだ真実《しんじつ》くん。またしても、キミにやられたようだ」**

真実《しんじつ》は、上空《じょうくう》にいる飯島善《いいじまぜん》をするどく見《み》つめた。

「飯《いい》島《じま》善《ぜん》……！
マスターと詩《うた》子《こ》さん
の弱《よわ》みにつけ込《こ》み、
そして、科《か》学《がく》を愛《あい》する
子《こ》どもたちの心《こころ》をもてあそんだ……
ぼくは絶《ぜっ》対《たい》に許《ゆる》さない」

飯島善《いいじまぜん》はニヤリと笑《わら》った。
「すべてのものには表《おもて》と裏《うら》がある。
おまえが表《おもて》ならわたしは裏《うら》の存在《そんざい》。
ふたつは、互《たが》いになくてはならない存在《そんざい》なのだ。
また会《あ》う日《ひ》を楽《たの》しみにしているぞ!」
爆音《ばくおん》を響《ひび》かせ、飯島善《いいじまぜん》を乗《の》せたヘリコプターは飛《と》び去《さ》っていく。

上空《じょうくう》を見上《みあ》げるみんなに、マスターと妻《つま》が深々《ふかぶか》と頭《あたま》を下《さ》げる。
「本当《ほんとう》に、本当《ほんとう》に申《もう》し訳《わけ》なかった……」

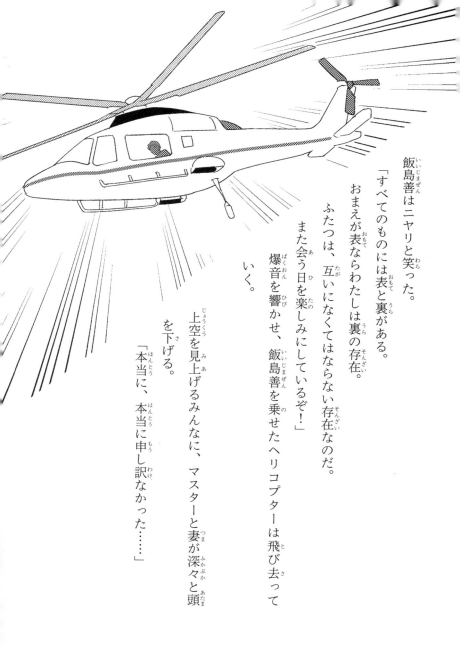

すると、アリスはかすかに笑《わら》ってこう言《い》った。

「わたし、都市伝説《としでんせつ》の研究《けんきゅう》、続《つづ》けようと思《おも》います。いつの日《ひ》か、和也《かずや》くんの手《て》がかりが見《み》つかるかもしれないから。ね？　みんな」

子《こ》どもたちは顔《かお》を見合《みあ》わせ、うなずいた。

「ありがとう……ありがとう……」

マスターと妻《つま》は声《こえ》を震《ふる》わせ、涙《なみだ》をぬぐった。

やがて、パトカーのサイレン音《おん》が聞《き》こえはじめた。

「先《さき》ほど、地元《じもと》の警察《けいさつ》に救援《きゅうえん》をお願《ねが》いしたんです」

そう言《い》うと、尾狩刑事《おかるけいじ》はアリスを見《み》つめた。

「さあ、帰《かえ》りましょう。帰《かえ》ったら、たっぷりお説教《せっきょう》ですけどね」

「はいはい。お説教《せっきょう》もいいけど、お姉《ねえ》ちゃん、家《いえ》を出《で》るとき、ちゃんとエアコン消《け》した？　家《いえ》のカギは閉《し》めた？」

「……そう言《い》われると、消《け》してないし、閉《し》めてもないような……

これは一大事《いちだいじ》です！　急《いそ》いで帰《かえ》らないといけません！」

尾狩刑事《おかるけいじ》はあわててパトカーのほうへと駆《か》けだした。

「もう！　わたしがいないと、いつもこうなんだから！」

そう言《い》って、アリスも尾狩刑事《おかるけいじ》の後《あと》に続《つづ》く。

「あのふたり、いいコンビだね」

美希《みき》が言《い》うと、みんな声《こえ》を出《だ》して笑《わら》った。

真実《しんじつ》も優《やさ》しくほほえんでいる。

長《なが》かった夜《よる》が明《あ》け、朝日《あさひ》が照《て》らす山々《やまやま》に、

健太《けんた》の元気《げんき》な声《こえ》が響《ひび》いた。

**「帰《かえ》ろう、みんな。花森町《はなもりちょう》へ！」**

# 4

SCIENCE TRICK DATA FILE

## 科学《かがく》トリック データファイル

# 姿《すがた》が消《き》えるナゾの板《いた》

レンチキュラーの板《いた》をかざすと

表面《ひょうめん》にかまぼこ形《がた》のレンズが並《なら》ぶ透明《とうめい》な「レンチキュラー」は、背後《はいご》にあるものがレンズと同《おな》じ向《む》きに置《お》かれていると、ものが消《き》えて見《み》えます。これは、レンズが光《ひかり》を円形《えんけい》に広《ひろ》げて薄《うす》めてしまうからです。

しかし、レンズと直角《ちょっかく》の向《む》きにあるものは消《き》えません。

## ものが消《き》える!?　不思議《ふしぎ》なしくみ

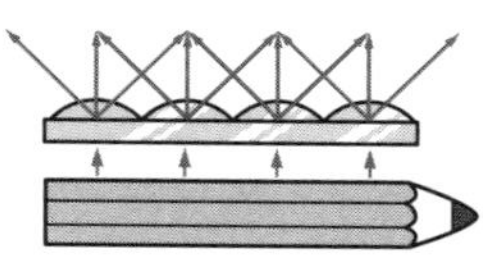

**横向《よこむ》きの鉛筆《えんぴつ》**

レンズと直角《ちょっかく》に置《お》かれた鉛筆《えんぴつ》は、レンズで広《ひろ》がった光《ひかり》がいくつも重《かさ》なるため鉛筆《えんぴつ》が見《み》える

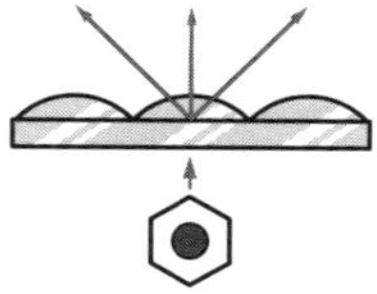

**縦向《たてむ》きの鉛筆《えんぴつ》**

かまぼこ形《がた》のレンズと同《おな》じ向《む》きに置《お》かれた鉛筆《えんぴつ》は、光《ひかり》が横《よこ》に広《ひろ》がってしまい見《み》えなくなる

「う〜ん。今日《きょう》も一日《いちにち》、平和《へいわ》だったねえ」

1カ月後《げつご》。健太《けんた》は真実《しんじつ》と美希《みき》とともに学校《がっこう》から帰《かえ》っていた。

不可思議《ふかしぎ》事件《じけん》の騒動《そうどう》が幻《まぼろし》だったかのように、平穏《へいおん》な時間《じかん》が流《なが》れていた。

「そういえば、アリスちゃん、ネットのニュースになってたよ」

美希《みき》が、スマホを見《み》せる。

「美希《みき》ちゃん、学校帰《がっこうがえ》りでも緊急《きんきゅう》のとき以外《いがい》はスマホを使《つか》っちゃダメだよ」

「健太《けんた》くん、アリスちゃんのことは緊急《きんきゅう》に入《はい》るでしょ」

「えええ??」

美希《みき》の言葉《ことば》に健太《けんた》はあきれながらも、ネットのニュースを見《み》る。

そこには、アリスが「世界科学《せかいかがく》コンクール」で優秀賞《ゆうしゅうしょう》を取《と》ったことが書《か》かれていた。

「わあ、アリスちゃん、すごいね！」

健太《けんた》は喜《よろこ》ぶ。世界科学《せかいかがく》コンクールで優秀賞《ゆうしゅうしょう》を取《と》ることは、アリスの夢《ゆめ》だったのだ。

「あのときいたみんなも写《うつ》ってるよ」

美希《みき》は、記事《きじ》の写真《しゃしん》を指《ゆび》で大《おお》きくする。

トロフィーを持《も》つアリスの横《よこ》に、きさらぎ駅《えき》の騒動《そうどう》で救出《きゅうしゅつ》した子《こ》どもたちの姿《すがた》もあった。彼《かれ》らもアリスと同《おな》じように上位《じょうい》の成績《せいせき》を残《のこ》したようだ。

「みんな、いい笑顔《えがお》だねえ。デビルホームズに捕《つか》まって育成《いくせい》されてたら、こんなに楽《たの》しそうに結果《けっか》を出《だ》すことはできなかったよね」

「ああ、そうだね、健太《けんた》くん」

「金森《かなもり》さんたちも、きっとやり直《なお》すことができると思《おも》うんだ」

健太《けんた》は、金森夫婦《かなもりふうふ》のことを思《おも》う。

彼《かれ》らは罪《つみ》をつぐなった後《あと》、また喫茶店《きっさてん》をやりたいと話《はな》しているのだという。

「彼《かれ》らなら、きっとやり直《なお》せるよ」

真実《しんじつ》の言葉《ことば》に、健太《けんた》と美希《みき》は大《おお》きくうなずいた。

そのとき、一台《いちだい》の車《くるま》が真実《しんじつ》たちのそばに止《と》まった。

「ここにいたのですね」

降《お》りてきたのは、尾狩刑事《おかるけいじ》だ。

「どうしたんですか？」

「まさか、また不可思議事件《ふかしぎじけん》が発生《はっせい》したの？」

驚《おどろ》く美希《みき》と健太《けんた》に、尾狩刑事《おかるけいじ》は首《くび》を横《よこ》に振《ふ》った。

「今日《きょう》は仕事《しごと》は休《やす》みなんです。それで、彼女《かのじょ》のお手伝《てつだ》いをしようと思《おも》って」

そう言《い》うと、助手席《じょしゅせき》からひとりの女《おんな》の子《こ》が降《お》りてきた。

アリスだ。

「アリスちゃん！」

久《ひさ》しぶりに会《あ》えて健太《けんた》と美希《みき》は喜《よろこ》ぶ。

「コンクール優秀賞《ゆうしゅうしょう》、おめでとう！」

「ありがとう！」

アリスは喜《よろこ》ぶ健太《けんた》と美希《みき》に礼《れい》を言《い》いながら、真実《しんじつ》の前《まえ》に立《た》った。

「今日《きょう》は、真実《しんじつ》くんに用《よう》があったんです。わたし、科学《かがく》コンクールの夢《ゆめ》はかなったけど、新《あたら》しい目標《もくひょう》ができました」

「新《あたら》しい目標《もくひょう》？」

**「うん。真実《しんじつ》くんとナゾ解《と》き勝負《しょうぶ》をしたい！」**

アリスは、真実《しんじつ》の科学《かがく》知識《ちしき》と推理力《すいりりょく》を高《たか》く評価《ひょうか》していた。

「アリス、真実《しんじつ》さんに負《ま》けたくないって言《い》っていて。それで、お友達《ともだち》に協力《きょうりょく》してもらったそうなんですよ」

「世界科学《せかいかがく》コンクールに出《で》たみんなに、科学《かがく》トリックを使《つか》ったナゾを作《つく》ってもらったんです。それをどっちが早《はや》く解《と》けるか勝負《しょうぶ》したくて」

アリスは、真実《しんじつ》を見《み》る。

真実《しんじつ》はそれを聞《き》き、ほほえんだ。

**「いいね、やってみよう」**

真実《しんじつ》もアリスとの勝負《しょうぶ》に興味《きょうみ》があるようだ。

「やった！　ナゾはもう用意《ようい》してくれてるんですよ。さっそく行《い》こう！」

「さあ、みなさん乗《の》ってください」

尾狩刑事《おかるけいじ》は真実《しんじつ》たちを車《くるま》に誘《さそ》う。

「なんかすごい勝負《しょうぶ》になりそうだね！」

「うんうん、大《だい》スクープだよ！」

健太《けんた》と美希《みき》も胸《むね》が高鳴《たかな》る。

「みんなが作《つく》ってくれたナゾは、不可思議事件《ふかしぎじけん》をこえる超難関《ちょうなんかん》のナゾらしいんだ」

「へえ、それは面白《おもしろ》そうだね」

真実《しんじつ》たちの楽《たの》しげな会話《かいわ》が続《つづ》く。

一同《いちどう》を乗《の》せた車《くるま》は、軽《かろ》やかに出発《しゅっぱつ》するのだった。

See you
in the next mystery!

## その後《ご》の科学探偵《かがくたんてい》「健太《けんた》の大予言《だいよげん》」

著者紹介

**佐東みどり**

脚本家・作家。アニメ「サザエさん」「ハローキティとあそぼう！まなぼう！」などを担当。小説に「恐怖コレクター」シリーズ、「謎新聞ミライタイムズ」シリーズなどがある。

（執筆：プロローグ、3章、エピローグ）

**石川北二**

監督・脚本家。脚本家として、映画「かずら」（共同脚本）、映画「燐寸少女 マッチショウジョ」などを担当。監督としての代表作に、映画「ラブ★コン」などがある。

（執筆：4章）

**木滝りま**

脚本家・作家。脚本家として、ドラマ「正直不動産2」、「カナカナ」など。小説に「セカイの千怪奇」シリーズ、『大バトル！きょうりゅうキッズ　きょうふの大王をたおせ！』などがある。

（執筆：2章）

**田中智章**

監督・脚本家・作家。脚本家として、アニメ「ドラえもん」、映画「シャニダールの花」などを担当。監督として、映画「花になる」などがある。「全員ウソつき」「天空ノ幻獣園」シリーズ執筆。

（執筆：1章）

挿画

**k o t o n a**

イラストレーター。児童書や書籍の挿絵のほか、キャラクターデザインなどで活躍中。

HP：marble-d.com

（マーブルデザインラボ）

ブックデザイン

アートディレクション

**辻中浩一**

＋

**村松亨修**

**吉田帆波**（ウフ）

監修　金子丈夫（筑波大学附属中学校元副校長）
取材協力　西尾幸一郎（2章、山口大学教育学部 准教授）、
東京大学サイエンスコミュニケーションサークルCAST
編集デスク　野村美絵
編集　金城珠代
編集協力　河西久実
校閲　宅美公美子、野口高峰（朝日新聞総合サービス）
本文図版　倉本るみ、ビブオ（P18〜19初出のイラスト作成）
コラム図版　笠原ひろひと
写真　iStock、朝日新聞 フォトアーカイブ、アフロ、遠州鉄道（P14）
キャラクター原案　木々
ブックデザイン／アートディレクション　辻中浩一＋村松亨修、吉田帆波（ウフ）

おもな参考文献、ウェブサイト
『新編　新しい理科』3〜6（東京書籍）／『週刊かがくる　改訂版』1〜50号（朝日新聞出版）／『週刊かがくるプラス　改訂版』1〜50号（朝日新聞出版）／『未来へひろがるサイエンス1』（新興出版社啓林館）／『日本現代怪異事典』（笠間書院）

---

**科学探偵《かがくたんてい》 謎野真実《なぞのしんじつ》シリーズ**

**科学探偵《かがくたんてい》 vs.《ブイエス》 終末《しゅうまつ》の大予言《だいよげん》［後編《こうへん》］**

2025年2月28日　第1刷発行

著　者　作：佐東みどり　石川北二　木滝りま　田中智章　　絵：kotona
発行者　片桐圭子
発行所　朝日新聞出版
〒104-8011
東京都中央区築地5-3-2
編集　生活・文化編集部
電話　03-5541-8833（編集）
03-5540-7793（販売）

印刷所・製本所　大日本印刷株式会社
ISBN978-4-02-332413-8
定価はカバーに表示してあります